MW01253864

UNICA

Élise Fontenaille a publié sept romans, qui explorent des univers différents : *La Gommeuse, Le Palais de la femme, Demain les filles on va tuer papa, L'Enfant rouge, Brûlements, Unica, L'Aérostat.* Elle aime surprendre, à commencer par elle-même.

# ÉLISE FONTENAILLE

# *Unica*

ROMAN

STOCK

Éditions Stock, 2007.
ISBN : 978-2-253-12351-4 – 1ʳᵉ publication LGF

## PRÉFACE

Le roman d'Élise Fontenaille *Unica*, qui vient de recevoir le nouveau Grand Prix de la science-fiction française, décerné par les membres du Déjeuner du Lundi[1], soulève par sa nature un problème récurrent qui a alimenté bien des discussions et polémiques.

Est-ce vraiment un roman de science-fiction ?

Sa parution dans la présente collection indique mon

1. Le Déjeuner du Lundi est une institution littéraire, amicale et faiblement gastronomique qui se réunit depuis plus de quarante ans dans un restaurant italien proche de la place Saint-Sulpice. Son règlement, fort strict, est de ne pas en avoir. Tout auteur, éditeur, amateur ou même non-lecteur de science-fiction peut y prendre place. Ayant constaté la disparition du Grand Prix de la science-fiction française remplacé depuis plusieurs années par un plus hybride Grand Prix de l'imaginaire, ses membres fondateurs ont décidé de rebaptiser ainsi le ci-devant Prix du Lundi de la science-fiction. Il a été décerné en 2007 à Catherine Dufour pour son roman *Le Goût de l'immortalité*, publié dans la même collection. Il couronne de nouveau une dame. Je tiens absolument à préciser que non seulement je n'ai participé à aucun de ces votes mais encore que j'étais absent lors de la décision. J'estime en effet qu'un directeur de collection ne peut faire partie d'aucun jury littéraire.

sentiment. Je dois avouer que je ne connais pas celui de l'auteur. Mais la citation, en exergue, d'un titre de Philip K. Dick, l'un des écrivains les plus fameux du domaine, laisse croire qu'elle n'y verra pas d'inconvénient majeur.

La difficulté vient de ce qu'il n'existe pas de définition univoque de cette espèce littéraire. La moins mauvaise revient à s'appuyer sur la pratique : relève de la science-fiction ce que ses amateurs chevronnés considèrent comme tel. C'est là que les difficultés commencent.

Naïvement, ces amateurs estiment qu'un roman qui se situe dans l'avenir, par exemple après une catastrophe nucléaire ou écologique et qui met en scène des survivants affairés à rebâtir un monde, ou mieux à liquider ce qui subsiste de l'ancien, ou qui a pour héros un astronaute revenu d'un voyage lointain et qui découvre une Terre dépeuplée, ou encore qui décrit une société technologique dystopique, relève de leur genre de prédilection. Ils s'en réjouissent, le font savoir et ne se privent pas de critiquer l'ouvrage en relevant parfois le peu d'originalité du thème et de son traitement. On est venu sur leurs terres, on doit en accepter les lois.

Ce que certains auteurs, voire éditeurs, frileux, n'admettent pas. Aussi on lit des choses étranges sur les quatrièmes de couverture dont le prototype demeure : « Ceci n'est pas un roman de science-fiction », alors que tout le reste suggère le contraire, ou encore : « Il s'agit d'un roman sur l'avenir (voire d'une anticipation) mais surtout – surtout – cela n'a rien à voir avec la science-fiction.» Et la capacité de contournement du terme obscène est prodigieuse. Par exemple en invoquant la tradition du conte philosophique.

Nul besoin d'avoir étudié Freud pour se douter que le déni est la forme la plus achevée de la reconnaissance. En d'autres termes, plus on vous affirme avec force que ça n'en est pas, plus on se doute que d'une manière ou d'une autre, ça risque d'en être mais qu'on aimerait que ça ne se sache pas, exploit que l'aveu négatif lui-même rend problématique.

Des écrivains éminents ont protesté dans les médias et en particulier à la télévision, parfois contre toute évidence, que leurs œuvres n'avaient rien à voir avec une chose pareille. Ce qui signifie que la chose, ils ne l'ignoraient pas tout à fait, et qu'il y avait bien un risque, pour le moins, de confusion.

À l'inverse, on a vu des auteurs dont le rapport des livres au genre était incertain s'en réclamer. On a vu, plus étrange, des écrivains commencer par dénier toute affiliation au genre pour ensuite la reconnaître et enfin la revendiquer. Ou d'autres encore affirmer leur familiarité avec la chose, voire leur passion pour elle, étaler leur érudition spécialisée, tout en s'efforçant de s'en démarquer pour ce qui était de leur production. Je pense ici un tout petit peu à l'auteur talentueux des *Particules élémentaires* et de *La Possibilité d'une île*, Michel Houellebecq.

On sent donc qu'il y a là un enjeu. En être ou ne pas en être.

Du côté de la dénégation, ou du déni – ce n'est pas tout à fait la même chose – il y a évidemment la crainte de perdre le manteau protecteur de la littérature générale et donc de la Culture[1] pour s'abîmer dans la littérature dite de genre, réputée commerciale et vulgaire. Il y a la peur d'une relégation, de la perte de l'admiration de l'Établissement et, pire encore, de l'évitement d'un public supposément immense que toute étiquette rebuterait. C'est une position stratégique.

À l'inverse, un jeune auteur ou un auteur qui n'a pas encore tout à fait percé peut se dire, même si son appétence pour la science-fiction est limitée, que l'existence d'un public défini et relativement large est une aubaine. Plutôt, sous une étiquette très relativement infamante, quelques milliers d'exemplaires que quelques dizaines au nom de l'universalité. C'est une attitude tactique.

Mais les choses ne s'arrêtent pas là. La science-fiction est au fond une littérature d'un abord assez difficile : elle a lentement et longuement élaboré ses codes, ses thèmes, ses tropes ; plus que toute autre, elle repose sur de l'intertextualité ; elle demande pour être pleinement goûtée une culture spécialisée, ce en quoi du reste elle ne se distingue pas vraiment de toute autre forme artistique.

Cette culture, la plupart des auteurs de littérature

1. Aucune allusion ici au célèbre cycle de Iain M. Banks, bien représenté dans la présente collection. La majuscule se veut ici emphatique.

générale (on pourrait dire aussi : de littérature ordinaire) ne la possèdent pas, et on ne saurait le leur reprocher. Mais comme d'une part la science-fiction a contaminé l'univers des mots et des images et que d'autre part nous vivons dans un monde imprégné des prodiges et des horreurs issus de la science et de la technologie, il arrive que tel de ces écrivains soit frappé par une idée géniale dont l'originalité le transporte, par exemple un voyage sur la Lune, l'intrusion d'un extraterrestre ou la fin du monde, sans qu'il soit averti qu'il en existe une tradition. Il arrive aussi qu'il fasse tout simplement de la récupération en espérant que le public profane ne s'en avise pas.

En bref, il a découvert l'Amérique. En soi, ce n'est pas répréhensible. C'est même le signe d'une belle innocence, un rien pervertie dans le second cas. Mais il est compréhensible que les amateurs chevronnés ne s'en laissent pas conter, voire ne se privent pas de dauber.

Dans le meilleur des cas, cela explique les hésitations d'un excellent écrivain comme Robert Merle. Celui-ci a écrit au moins trois remarquables romans de science-fiction, *Un animal doué de raison*, *Malevil* et *Les Hommes protégés*, qui furent salués comme tels par les lecteurs de science-fiction. Pourtant, Merle, craignant peut-être d'être catalogué ou redoutant de s'encanailler, commença par protester. Il était sans aucun doute sincère. Il avait sûrement lu Verne et Wells, et peut-être certains Maurois, Aldous Huxley et George Orwell mais rien d'autre. Puis il finit par accepter l'idée qu'il s'était inscrit, certes de manière classique et peut-être même un peu conventionnelle, dans une tradition honorable. Le cas de Pierre Boulle, l'auteur de *La Planète des singes* et surtout de nouvelles exceptionnelles de pure science-fiction, est plus ambigu puisqu'il connaissait manifestement bien le genre mais qu'il n'aimait guère qu'on le lui rappelle.

On comprend qu'entre la tactique et la stratégie, le cœur puisse balancer. Ce fut le cas pour Bernard Werber et Maurice G. Dantec. Le premier qui ignorait à ses débuts probablement presque tout de la science-fiction commença par chercher à s'en démarquer, puis découvrant que son jeune public en était friand, se mit à courir les conventions de science-fiction et puisa ensuite, certains disent sans vergogne, dans le stock commun d'idées du genre. Le second oscilla entre l'admission de son goût pour la chose et plusieurs tentatives d'évasion, jamais complètement assumées.

Le souci tactique, vite démenti par la stratégie, est beaucoup plus net chez des écrivains de la stature de Kurt Vonnegut, Vladimir Volkoff et Antoine Volodine. Tous les trois débutent sans ambiguïté dans des collections spécialisées, le premier avec *Le Pianiste déchaîné*, *Les Sirènes de Titan*, *Le Berceau du chat*[1] et dans une large mesure sacrifie au genre dans son chef-d'œuvre, *Abattoir 5* ; il fréquente le milieu des *fans* puis il prend ses distances sans jamais cesser de lui

1. Et cela aussi bien dans leurs éditions américaines que françaises.

vouer une tendresse qui s'exprime dans ses relations amicales avec un auteur comme Philip José Farmer[1]. Volkoff débuta au Rayon Fantastique[2] puis il n'aima pas trop qu'on le lui rappelle et, sauf erreur, ne laissa jamais reparaître son roman de jeunesse. Volodine publia quatre titres dans la collection « Présence du Futur », sans doute quelque peu marginaux au genre, avant de glisser vers les Éditions de Minuit sans vraiment changer d'orientation, en revendiquant la continuité de son univers et en reconnaissant qu'il n'aurait sans doute jamais réussi à publier ailleurs à ses débuts que dans une collection éclectique de science-fiction, tout en refusant le terme auquel il substitue curieusement celui de « post-exotisme ».

La démarche la plus élégante et la plus lucide serait celle de Jacques Sternberg, de Philippe Curval et de Jean Hougron entre autres, qui ont écrit de la science-fiction et de la littérature ordinaire, et qui se sont réclamés ouvertement d'avoir fait l'un et l'autre[3].

---

1. Ce dernier donna existence à un personnage imaginaire et quelque peu ridicule de Vonnegut, Kilgore Trout, en lui prêtant avec l'assentiment de son créateur des œuvres désopilantes qui furent publiées et traduites.

2. Avec *Métro pour l'enfer* qui ne fit pas l'unanimité des critiques spécialisés.

3. Le cas de Jean Hougron est hautement symbolique. Après le succès de sa *Nuit indochinoise*, cet admirateur véhément de la science-fiction publia *Le Signe du chien* (1961) dans « Présence du Futur » puis *Le Naguen* (1980), hors collection mais ensuite repris dans une série spécialisée. Ce dernier titre a obtenu en 1981 le Grand Prix de la science-fiction française.

Mais l'exemple le plus emblématique vient d'encore plus haut. Non seulement le tout récent Prix Nobel de littérature, Doris Lessing, a écrit de la science-fiction, mais elle l'a hautement revendiqué pour son cycle *Canopus dans Argos*[1] auquel on peut adjoindre *Mémoires d'une survivante*, tout en disant d'elle-même qu'elle n'est pas aussi bonne dans ce genre qu'elle le devrait, pour avoir commencé trop tard et ne pas le connaître suffisamment bien. Et elle proclame son admiration et sa dette envers Ursula Le Guin. Cette modestie, probablement excessive, l'honore.

Je ne connais toujours pas le point de vue d'Élise Fontenaille, mais je lui souhaite de se retrouver, suivant les traces de Doris Lessing, sur la voie du Nobel.

G. K.

---

1. Cinq volumes dont, sauf erreur de ma part, seul le premier, *Shikasta*, a été traduit en français. On peut espérer que le Nobel contribuera à faire connaître la suite et rééditer l'introuvable *Shikasta*.

*Flow my tears, the policeman said.*
Philip-K. Dick.

## Chicago

Si par hasard vous croisez, n'importe où dans le monde – à l'aéroport de Chicago par exemple, les flics y sont très gentils avec les enfants, ils leur donnent toujours des badges amusants –, une petite fille vêtue de noir coiffée d'un béret, un attaché-case à ses pieds, et qui lit avec intensité, en suçant son pouce ou en buvant du jus de tomate avec une paille, le *Traité du désespoir* de Kierkegaard, il y a pas mal de chances pour que ce soit Unica.

Et si elle vous regarde droit dans les yeux, en murmurant : *Ce dont tremble un enfant, pour l'adulte n'est rien. L'enfant ne sait ce qu'est l'horrible, l'homme le sait, et il en tremble. Le défaut de l'enfance, c'est d'abord de ne pas connaître l'horrible, et en second lieu, suite à son ignorance, de trembler de ce qui n'est pas à craindre.*

Éloignez-vous au plus vite…

# Cyberflic

La première fois que j'ai vu Unica ?

Je m'en souviens, c'était un dimanche matin.

J'étais à la brigade, j'aime bien travailler le dimanche, si je suis dehors j'ai le cafard, tandis qu'à la brigade, ça va.

À ce moment-là je ne faisais plus de flagrant délit, je travaillais aux archives, j'étais chargé de rouvrir les vieux dossiers, c'est moi qui avais demandé à changer. Mon dernier flag – celui de Kitsilano – avait mal tourné, le type s'était balancé à notre arrivée. Oh, il va s'en tirer, du deuxième étage il ne risquait pas gros, simplement il va passer le reste de sa vie en fauteuil roulant. Ce n'est pas que ça me bouleverse, il l'avait bien cherché, mais je venais de voir sa femme et ses gosses, trois garçons il avait ce type, comment peut-on avoir des enfants et faire des choses pareilles…

Le lendemain, le chroniqueur du *Vancouver Sun* nous a traînés dans la boue. D'après lui la Cyber débarquait sans preuves chez n'importe qui – «Une nouvelle chasse aux sorcières», c'était le titre de sa chronique –, on foutait en l'air la vie de familles sans histoires sous prétexte que X ou Y avait eu le malheur de se connecter à un réseau – douteux, certes, mais après tout ce ne sont que des images, et encore rien n'est moins sûr, tout le monde peut se tromper, si le FBI a renoncé à ce logiciel mouchard ce n'est pas pour rien, et puis de toute façon la cyberpédophilie c'est le même problème que la drogue : à quoi ça sert d'arrêter les petits junkies, c'est les gros dealers qu'il faudrait inculper, d'ailleurs le cyberflic impliqué dans l'affaire a lui-même un passé (celui-là c'était moi), etc., toute une colonne dans ce goût-là.

Coleen m'a appelé à 5 heures pour me prévenir.

– Désolée de te réveiller, Herb, mais je ne voulais pas que tu tombes là-dessus par hasard.

J'étais hors de moi.

– Qu'est-ce qu'on fait, Coleen, on l'attaque en justice ?

– Surtout pas ! On l'ignore. Il va falloir être fort, Herb, ça ne fait que commencer, ils ne vont pas nous lâcher.

Dans le visiophone elle s'est mise dans la position du boxeur, elle a fait mine de m'envoyer un direct dans le ventre avec un sourire, et elle a raccroché.

J'ai relu l'article une dernière fois et j'ai pris une longue douche glacée. En me frictionnant devant la fenêtre ouverte, je regardais la nappe grise du Pacifique, ça m'a requinqué.

Je ne sais pas ce que je deviendrais sans ce foutu océan.

À ses débuts, la Cyber avait des articles enthousiastes – «Les Nettoyeurs de la Toile», a même titré MacLean la première année –, on était un modèle pour le monde entier.

C'était trop, bien sûr, Coleen se méfiait.

– Tu vas voir, un jour ça va nous retomber dessus.

Sept ans plus tard on était devenus des culs-serrés, des obsédés, Coleen une mal-baisée, une nonne lesbienne, une détraquée... Elle tenait le coup, mais moi j'étais à bout.

Déjà la veille, j'avais craqué. Je pistais un jeune gars depuis des semaines, vingt-deux ans, informaticien de haut niveau, bonne famille, etc. On déboule chez lui, Harper et moi, je lui demande :

– Un type comme toi, informaticien, tu ne te doutais pas qu'on allait t'arrêter ?

Il est devenu livide.

– Je vous attendais. J'ai fait tout ça pour que vous veniez m'arrêter.

Et il s'est mis à pleurer.

Après, il nous a raconté qu'il était obsédé par sa demi-sœur, une môme de douze ans qui venait la nuit dans son lit parce qu'elle avait peur de ses cauchemars, elle se serrait contre lui, et lui son petit corps tiède et doux le rendait fou, il n'arrivait pas à lui dire de partir, tout ce qu'il voulait c'était qu'on l'enferme avant qu'il fasse quelque chose d'*irréversible*.

Ensuite, j'ai demandé à faire un séjour aux archives, histoire de me changer les idées.

Et Unica dans tout ça...

Patience, j'y viens.

Il faut bien que je parle de mon travail d'abord, puisque c'est par la Cyber que je l'ai rencontrée. Découverte plutôt. Enfin débusquée. Oui, c'est le mot.

C'est ce que j'ai cru, les premiers temps, en réalité je suis tombé dans ses filets.

Mais commençons par le début.

Je m'appelle Herb Charity, j'ai vingt-cinq ans, j'ai toujours vécu à Vancouver, je suis cyberflic depuis sept ans déjà, depuis la création en fait, on est quinze dans la brigade.

Notre chef est une femme, elle s'appelle Coleen Waters.

Une sacrée bonne femme, à ce poste faut avoir le cœur bien accroché.

# Proxe-Net

Une journée de travail à la Cyber, pour moi ça commence comme ça : je débarque au domicile du suspect à 6 heures du matin, revolver au poing avec mon adjoint, on réveille la femme, les enfants, tout le monde dans la baraque – parce que en général ce sont des gens normaux, comme vous et moi –, je demande qui est client ici du réseau *Rape a Child, Cyber Lolita, Under 14…*, si c'est le fils, le père, le frère, le cousin, qu'il se dénonce, sinon on embarque tout le monde, et devant les voisins encore, menottes dans le dos, et on fera le tri au dépôt. En général le type sort du rang sans dire un mot, et nous on l'embarque aussitôt. En partant je ne regarde jamais la tête qu'ils font, les autres devant la maison. Harper, lui, il jette toujours un œil dans le rétro.

Sur la voiture on a un sigle très reconnaissable, le Y de « Cyber » peint en rouge vif sur les portières, maintenant tout le monde à Vancouver sait ce que cela veut dire. En plus on a un uniforme bleu marine avec un Y brodé sur la poitrine, dès qu'on débarque quelque part, les voisins sont dehors, on n'a pas intérêt à se tromper. On est quinze dans la brigade, alors qu'on ne serait pas trop de cent. Quinze… une goutte d'eau dans une mer de réseaux.

On travaille avec le logiciel Carnivore mis au point par le FBI il y a trois ans, une révolution à l'époque, seulement le FBI n'a plus le droit de s'en servir, Carnivore viole la liberté individuelle des citoyens américains, à ce qu'il paraît, ils sont très chatouilleux de ce côté-là, nos voisins.

À Vancouver, les avocats ne font pas encore la loi, ça viendra, en attendant on a récupéré Carnivore, c'est notre outil de travail, il nous permet de remonter jusqu'au voyeur – pardon, jusqu'au suspect – à partir d'une seule image.

Cinq ans pour ceux qui les détiennent, dix ans pour ceux qui les vendent : c'est le tarif.

Elles viennent de partout, les images : des pays de l'Est en proie au chaos démocratique, des îles d'Asie laminées par le tsunami, des réserves indiennes démolies par le Welfare…

Ça ne se dit pas, ce n'est pas politiquement correct, mais c'est la vérité. Plus une population est faible, vulnérable, assistée, et plus on a de chances de retrouver les enfants explosés en pixels sur les réseaux. Coleen, le Net, elle appelle ça le proxe-Net – elle n'a pas tort, mais ne demandez pas aux serveurs de reconnaître leur responsabilité.

– C'est tout de même pas la faute des trottoirs s'il y a de la merde dessus !

Voilà ce que m'a répondu le représentant de Google-Vancouver la dernière fois que je l'ai rencontré, avec une pointe de faux accent british – un type très raffiné.

En attendant ils s'en foutent plein les poches, ces gens-là, et ça ne leur cause aucun cas de conscience. Et surtout n'allez pas leur suggérer de financer quoi que ce soit ! Si, ils ont créé des filtres bidon qui ne servent à rien, sinon à rassurer les parents, du coup ils mettent la main au porte-monnaie. Vous laisseriez vos enfants sans protection, vous ? Et allez ! Par ici les dollars !

Moi j'appelle ça du chantage.

Ça fera bientôt sept ans que je travaille pour la cyberbrigade de Vancouver. Sept ans dans «l'Enfer du Net», comme disent les journaux.

Avant ? Avant… j'étais hacker, comme pas mal d'ados. Seulement moi j'avais une raison, je cherchais ma sœur sur les réseaux. Ma sœur Alys, je n'en ai pas d'autre. Ni de frère non plus d'ailleurs, j'aurais bien aimé pourtant. J'avais trois ans de moins qu'elle, à cet âge trois ans c'est beaucoup. On était nés tous les deux de père inconnu, mais ce n'était pas le même, c'est tout ce que Dana avait bien voulu nous dire. Si elle l'avait gardé pour elle, on s'en serait douté : on ne pouvait pas imaginer deux enfants plus différents, on avait juste le même sourire.

On ne ressemblait pas non plus à Dana, aucun de nous deux n'avait ses cheveux clairs ni ses yeux délavés. À nous voir tous les trois dans la rue, personne n'aurait pu penser qu'on avait des gènes en commun, qu'on formait ce qu'on appelle une famille. D'ailleurs on n'en était pas une, juste trois solitudes rassemblées dans une petite maison rouge sur le point de s'effondrer.

C'était une drôle de fille, ma sœur, on ne savait jamais vraiment ce qu'elle pensait. Secrète, pas très causante, tout le temps en ligne avec ses copines – enfin, c'est ce que je croyais.

– Arrête un peu, tu vas te fatiguer les yeux, disait Dana.

– Cause toujours, répondait Alys.

Mais ça, il n'y avait que moi pour l'entendre.

Un dimanche matin, elle est sortie faire un tour :

– Je vais me dégourdir les jambes…

Elle n'a pas dit où elle allait.

– Tu rentres déjeuner ? a crié Dana par la fenêtre du jardin.

Elle a fait celle qui n'entend pas.

Je pensais qu'elle partait toute seule, sans moi, vers la forêt.

– Tu m'emmènes ?

– Pas aujourd'hui, trésor.

Et elle est remontée m'embrasser. Elle m'a serré bien fort, comme si elle savait qu'on ne se reverrait jamais, pas dans ce monde-ci en tout cas.

Sur le moment ça m'a étonné, elle n'était pas très physique, Alys, le genre gros câlins bisous dans le cou, comme souvent les frangines, ce n'était pas du tout son style.

J'aurais dû la suivre… Mais non, c'est idiot, elle

m'aurait tout de suite repéré. C'est pour tout le monde pareil, on se sent toujours coupable après, on se reproche tout et n'importe quoi. Et puis la suivre au nom de quoi ? Elle était libre, Alys, personne n'aurait pu l'empêcher de prendre l'air un dimanche matin.

Quelqu'un lui avait donné rendez-vous à Twaaswasen, sur le port, elle l'avait rencontré quelques semaines plus tôt sur un chat d'ados. Son pseudo, à ce type, c'était Whyte Rabbit, c'est ce que les flics ont trouvé en fouillant son iBook.

Ce Whyte Rabbit, aucune de ses amies n'en avait jamais entendu parler.

« Kidnapping en ligne », ont titré les journaux, « e-kidnapping », etc.

À Vancouver, c'était le premier, ça a fait un bruit du tonnerre, les associations de parents, de défense des enfants, tout le monde a poussé des hurlements, le maire a joué au cow-boy, la police a mis le paquet, mais ça n'a rien donné.

Ni demande de rançon ni corps trouvé sous les buissons – néant.

La Cyber n'existait pas encore en ce temps-là, c'est juste après qu'on a commencé à y penser. À cause de l'« affaire Twaaswasen », comme les flics l'ont appelée. C'est sous ce nom-là qu'elle est classée ici, à la lettre T.

Quand je suis arrivé à la Cyber, je restais des heures plongé dans le dossier, tout mon temps libre y passait. Un jour Coleen m'a demandé d'arrêter.

– Il faut que tu fasses ton deuil…

Elle m'a pris la chemise des mains, tout doucement, et elle l'a rangée à la lettre C – affaires classées.

Mon innocence a disparu le jour où une main de flic a
écrit le nom de ma sœur au marqueur noir sur la couverture rouge du dossier. C'est rare de pouvoir dater la
mort de son enfance à une heure près.

# Saskatoon Bogue

Tout à côté de la maison, au bout de la rue, la forêt commençait. Pas n'importe laquelle : la *rain forest*, Saskatoon Bogue. Autrefois les Indiens y faisaient des cérémonies secrètes, à ce qu'il paraît. Aujourd'hui les esprits sont partis, on n'y voit plus que des arbres immenses, couverts de mousse espagnole et de fougères, partout, même sous les branches, et le long des troncs. C'est devenu un espace ultraprotégé, pour faire plaisir aux écolos. Elle est tellement épaisse, la forêt, à cet endroit qu'il faut marcher sur une passerelle sinon on a du mal à avancer. Et on risquerait d'abîmer la végétation. Il y a une ambiance incroyable là-dedans, on se croirait au cœur d'une jungle, alors que c'est à deux pas de la maison. Alys et moi on n'a pas le droit d'y mettre les pieds, Dana nous l'a interdit. Depuis des années des enfants disparaissent sans laisser de traces dans le secteur nord de Vancouver, on ne les retrouve jamais, on dit que c'est du côté de Saskatoon Bogue qu'il faut fouiller.

Va savoir si c'est vrai. Alys, elle n'y croit pas, à ces

histoires, elle n'y a jamais cru, pour elle tout ça c'est des bobards.

– C'est pour nous faire peur qu'on raconte ça. Tu ne comprends pas ?

Dès que Dana part travailler – elle est infirmière de nuit à Burnaby –, Alys et moi, on court vers Saskatoon, on fait un détour par la 18$^e$ à cause des voisins – Dana ne connaît personne ici, elle n'a ni le temps ni l'envie, mais sait-on jamais…

On saute de la passerelle, on s'écarte du sentier, on se glisse sous les *salmonberries*, pendant la saison on s'en met jusque-là, ça aussi c'est interdit, du coup rien n'est meilleur, après on se lave la bouche et les ongles au savon, elles tachent drôlement, ces baies, si on ne fait pas attention on a la langue bleue.

Dans notre clairière secrète on s'allonge, on regarde le ciel entre les branches, les écureuils, les oiseaux, on cherche des crottes d'ours – Alys en fait collection.

Dès que la nuit tombe elle lit une histoire à haute voix en s'éclairant à la lampe de poche, un conte à faire peur, j'adore, on écoute les bruits de la forêt, les troncs qui craquent, les cris des choucas, d'autres bêtes que je ne connais pas, parfois on mange au pied des arbres, Alys emporte toujours des crackers et des saucisses à cocktail, on laisse les restes pour le satyre de la forêt – c'est Alys qui dit ça pour blaguer – et on rentre se coucher.

En été quelquefois on reste là toute la nuit sans bouger, on dort un peu, on revient au petit jour avant Dana ; on ne court aucun risque, elle ne téléphone jamais : le bruit de la sonnerie la nuit nous effraie, c'est ce qu'Alys a trouvé pour la dissuader.

— S'il se passe quoi que ce soit, ne t'inquiète pas, Dana, on t'appellera. D'ailleurs que veux-tu qu'il se passe ?

Alys n'a peur de rien, jamais...

— Il ne peut rien m'arriver, je suis protégée. Tant que tu fais ce que je te dis tu es à l'abri toi aussi : reste avec moi et tout ira bien.

C'est ma grande sœur, tout ce qu'elle me dit j'y crois ; et pour finir un dimanche matin elle me serre fort et elle s'en va rejoindre un inconnu à Twaaswasen – voilà, tout s'arrête là, le film, la caméra.

Je ne suis jamais retourné dans la forêt.

Chaque fois que je passe par là je fais un détour, ça me fait mal rien que d'y penser.

## Nuit du chasseur

Sa photo a paru dans les journaux et au dos des cartons de lait pendant des mois, tout ça pour rien, aucune trace.

Rien que les appels bidon des tarés habituels.

Pourtant les flics se sont démenés. Mais ça n'a rien donné.

Un an après jour pour jour une femme flic est passée à la maison. Sans prévenir – *une impulsion*, m'a-t-elle dit des années plus tard. Elle m'a laissé sa carte en partant, sur le moment je n'y ai pas fait attention.

– On suspend l'enquête, mais ça ne signifie pas que c'est fichu, loin de là. Je sais que c'est très dur pour toi. Si un jour tu as besoin de parler à quelqu'un, appelle-moi.

Quand elle est partie j'ai regardé son nom : Coleen Waters.

J'ai balancé la carte quelque part, et je n'y ai plus pensé.

J'étais loin de me douter du rôle qu'elle jouerait un

jour dans ma vie. Je dois toujours avoir la carte dans un tiroir.

En la regardant s'éloigner j'étais mal : alors comme ça les flics baissent les bras, après tout ce bazar pour rien ils se dégonflent ? Très bien, vous allez voir de quoi Herb est capable.

À partir de ce jour, pour ne pas devenir fou, j'ai passé mes nuits sur la Toile – d'après les flics, des enfants perdus, on en retrouvait là des années après –, au moins ça valait le coup d'essayer. Ils ne me l'ont jamais dit en face, bien sûr, j'ai lu ça sur *Save Our Children*, *Perverted Justice*, etc.

Douteux mais plein d'infos, idéal pour un débutant.

C'est comme ça que j'ai découvert *Wonderland, Daddy Fuck, Baby Suck...* Tout seul je ne serais jamais tombé sur des horreurs pareilles. Au bout de quelque temps, les sites, je les connaissais tous, j'avais mes entrées partout.

J'ai eu beau chercher, passer en revue des milliers de photos... aucune trace d'Alys. Une fois je suis tombé sur une fille qui lui ressemblait sur *Cyber Lolita*, en fait ce n'était pas elle du tout : trop maigre, trop abîmée. Et puis Alys ne se serait jamais laissé faire, pas elle, impensable.

Ce jour-là j'ai compris que je ne la retrouverais jamais, ma sœur, pas dans ce monde-ci en tout cas. Envolée, Alys. À croire qu'elle n'avait jamais existé.

Pour tenir je me suis mis à traquer les cyberpédos en ligne sur la Toile, comme pas mal de hackers, mais pour eux c'est juste un hobby, ils jouent au justicier, moi c'était devenu ma raison de vivre. Il fallait bien que je fasse quelque chose de ma vie, sans ça je serais devenu vraiment fou. Même avec la traque pour me soutenir, j'ai senti le vent de la folie me hurler dans les oreilles plus d'une fois, une nuit il a même failli m'emporter. Mais à quoi bon remuer tout ça, c'est le passé.

À la fin je n'allais même plus au collège.

Je m'étais installé au sous-sol, avec un matelas un frigo un bureau et mon matos, j'avais ma clé, j'entrais par le garage, je n'avais même plus à passer par la maison.

Je suivais les cours en ligne, j'ai eu tous mes exams comme ça, au collège j'étais tout le temps viré pour conduite antisociale, en ligne ça allait mieux, plus de problème de discipline, j'avais de bons résultats, du coup Dana ne disait rien, elle laissait faire, elle avait ses soucis elle aussi.

Je ne sortais jamais, je dormais le jour et je vivais la nuit, je ne voyais personne à part Professeur Gurgle, mon vieux chat, le chat d'Alys, quand il est mort de sa belle mort, peu de temps après, ça m'a fait presque le même effet que si ça avait été elle.

Je l'ai enterré une nuit au fond du jardin sous un tas de feuilles pourries, entre les poubelles et le mur en parpaing, j'ai passé trois jours et trois nuits à pleurer, après je me suis senti soulagé.

Dana avait renoncé à garder le contact, elle avait

l'air mal à l'aise en face de moi, ma vie d'emmuré vivant la déprimait.

Elle n'était presque jamais là, elle me fuyait, je la comprends, je devais être assez inquiétant, elle devait penser qu'elle n'avait pas perdu le bon enfant. Après, ça a mal tourné pour elle, je m'en suis aperçu trop tard, personne ne pouvait plus rien faire, d'ailleurs je préfère ne pas en parler.

J'avais une vie sinistre en surface, mais très excitante en ligne, saturée de flashes d'adrénaline. Je me servais d'une photo de moi comme appât : j'appelais ça «la nuit du chasseur». Dès qu'un type happait la mouche, je me faufilais dans son disque dur, ensuite je détruisais son identité point par point, sans m'énerver. Numéro de Sécu, passeport, assurance, Master-Card… tout y passait. Quand j'en avais fini avec lui, le type n'avait plus aucune existence légale. Ça n'a l'air de rien, mais ça met dans l'embarras, de ne plus exister. Et allez expliquer à la police ce qui vous est arrivé. Délicat, des fois que les flics se mettraient à fouiller. Du coup les types ne portent jamais plainte.

Enfin, presque jamais.

Et puis un jour j'ai levé le juge Dawson.

À Vancouver tout le monde savait que le juge fricotait avec des petits garçons, mais personne n'arrivait à le prouver.

Il était protégé, il choisissait ses proies avec soin, aucune plainte n'est jamais remontée. Je me suis accroché, je m'étais juré de l'avoir. Je l'ai appâté avec des photos de moi prises à Wreck Beach – la plage des nudistes – et il est tombé dans le panneau. En tirant sur le fil j'ai fini par découvrir son blog secret, son tableau de chasse, avec textes et images. Il avait tout laissé sur le Net, un vrai acte manqué, ses codes étaient faciles à forcer.

J'en ai fait une copie, et je l'ai expédiée aux flics, sous un pseudo. Je ne voulais pas jouer les vedettes, je voulais juste qu'il soit jugé, le juge Dawson, l'Intouchable.

Avec tout ce qui traînait sur son blog, il en prenait au moins pour dix ans, je connaissais le tarif… Tu parles, j'étais naïf.

Le juge a été blanchi, grâce à sa sœur Miranda, procureur, et c'est moi qui me suis retrouvé condamné à six mois ferme pour viol de la vie privée. Je venais d'avoir dix-huit ans, joli cadeau de majorité. Quand le verdict est tombé, j'ai pensé à tout faire sauter. Là-dessus Coleen Waters me rend visite en prison avec mon avocate, elle montait la première cyberbrigade de Vancouver.

– Tiens donc, comme on se retrouve…

J'essayais de jouer les durs, mais je n'en menais pas large dans ma cellule. Elle n'était pas venue les mains vides, elle a proposé de commuer ma peine en travail d'intérêt général.

– Tu nous ferais profiter de tes lumières…

Elle avait été bluffée par la façon dont j'avais piégé le juge Dawson.

– Tu as fait ton chemin depuis la dernière fois.

– Vous aussi.

Elle venait de passer capitaine, j'ai tout de suite repéré les trois étoiles sur son blouson. Au départ je n'attendais pas grand-chose de l'entrevue, j'étais venu en traînant les pieds, mon avocate m'avait un peu forcé la main, mais finalement je n'étais pas mécontent de la tournure que ça prenait.

Est-ce qu'enfin j'aurais de la chance, pour la première fois de ma vie ? Tout de même, j'étais méfiant, j'en avais vu, depuis ma condamnation je ne croyais plus ni en la justice ni en la police.

– Tu pourrais faire ce genre de chose pour nous en toute légalité, ça te tente, tu veux essayer ?

J'ai dit oui, tout simplement, elle a eu l'air contente, elle m'a tendu la main avec un grand sourire. J'ai signé la liasse de papiers sans les lire, et le lendemain matin à 9 heures je commençais à former des agents plus vieux que moi de dix ans. La plupart n'y connaissaient rien, à la traque en ligne, je leur ai tout appris. Comment repérer un cyberpédo sur un chat d'ado, là-dessus personne ne pouvait m'avoir, comment se faire passer pour une gamine de dix ans, comment piéger un type, comment trouver l'adresse d'un suspect à partir d'une photo.

Carnivore n'existait pas encore, à l'époque il fallait s'accrocher, jamais je ne me suis découragé. Jamais. Pourtant il y avait de quoi. Pendant ces six mois je n'étais même pas payé, j'avais juste droit à la cantine des flics. Mais Coleen me soutenait.

Elle m'apprenait les combines classiques : comment reconnaître un ripoux, comment se faire des amis à la mairie, comment utiliser les gens au lieu de se les mettre à dos...

Souvent le soir elle m'offrait un cheeseburger et des curly fries à Jericho Beach. Elle vivait seule, elle avait tout investi dans sa carrière, elle prenait son temps, des types comme moi c'était l'avenir de la Cyber, la réinsertion c'était son credo.

– Pas la peine de faire ce métier si on n'y croit pas.

En parlant elle caressait l'étui en cuir de son AX-B.

On mangeait côte à côte accoudés au ponton, on regardait les vieux pêcheurs chinois, la soufrière jaune safran, le cargo soviétique oublié qui rouillait sur son ancre – je l'ai toujours connu celui-là –, les cimes rondes et noires de l'autre côté de la baie... On parlait de tout et de rien, on riait, ces virées à Jericho Beach, ça reste les meilleurs moments de ma vie.

Dire que quelques semaines plus tôt je me croyais foutu...

À l'idée de passer six mois en taule pendant que le juge Dawson continuait à racoler en ligne, j'étais prêt à me foutre en l'air.

Je peux le dire aujourd'hui, Coleen m'a sauvé la vie, jamais je ne pourrai lui rendre tout ce qu'elle a fait pour moi.

Au moment de l'affaire Dawson, elle avait trente-cinq ans et pas d'enfant – *nullipare*, comme elle dit.

– Avec tout ce que je vois ici, je ne suis pas près d'en avoir, crois-moi.

À la fin de mes six mois je suis resté, à cause de Coleen bien sûr, mais pas seulement. Le boulot me plaisait, je m'étais pris au jeu, j'étais bon, je le savais, j'avais des résultats, j'aimais former les gens. C'est jouissif de créer un boulot qui n'existait pas avant vous. On avait la presse avec nous, des crédits, des locaux tout neufs, du matériel, le maire était aux petits soins pour nous, on était sa vitrine anticriminelle, « Cyber » ça faisait dans le coup, il se sentait jeune grâce à nous, on passait aux infos pour un oui pour un non, on venait nous demander notre avis sur tout : les jeux en ligne, l'éducation sexuelle, la violence à la télé…

La Cyber a fait la une du *Globe & Mail* : Coleen rayonnante entourée de toute la brigade. Sur la photo on se sourit elle et moi, tout le monde a cru qu'on avait une histoire, que j'étais son fils caché, ou les deux, n'importe quoi.

Et voilà l'histoire. Sept ans plus tard j'y suis toujours, à la Cyber, et tout ça grâce au juge Dawson.

Et quand on me dit que je n'ai pas de vie privée… J'ai une vie tout court, c'est déjà pas mal. J'en connais beaucoup qui ne pourraient pas en dire autant.

Dans un coin de mon bureau j'ai une photo d'Alys retouchée par le logiciel Growing Up, mis au point par les cyberflics de L.A. : chaque jour son visage se modifie d'un rien, comme dans la vraie vie, dans quelques années c'est le logiciel Getting Old qui retouchera ses traits. Alys est devenue une icône sur mon écran, je ne la perds jamais de vue. Si un jour je la croise sur la Toile je la reconnaîtrai, ou dans la rue, même, qui sait…

Elle aurait vingt-huit ans aujourd'hui, ma sœur, imagine un peu que je la rencontre et que je la drague… Je connais un type à qui c'est arrivé. Un soir il a couché avec sa demi-sœur sans le savoir, il ne l'avait pas vue depuis des années, quand il a appris qui elle était, ça l'a juste fait rigoler, comme une bonne blague… Moi, à sa place, je me serais flingué.

Après j'en ai rêvé, la même scène mais entre Alys et moi.

Cette nuit-là j'avais dormi avec le dream catcher, je dois avoir le minidisc quelque part, mais ce rêve je n'oserai jamais le montrer à Salinger. Je ne l'ai pas détruit, je ne détruis jamais mes rêves, ceux qui me gênent trop je les garde sans les regarder. Salinger me l'a demandé.

– Ce sont les rêves qui vous dérangent qui m'intéressent, vous comprenez ?

Un jour je lui montrerai, un jour…

Quand tout sera cadré dans ma vie.


Nous à la brigade on ne s'occupe que des cybercrimes, les crimes réels c'est la criminelle qui s'en charge. Coleen préfère qu'on dise *actuels* plutôt que *réels*, mais moi je n'ai pas un master de littérature comparée, en plus d'un DESS en criminologie et d'une thèse de troisième cycle sur le droit des enfants – c'est une tête, Coleen.

En ce moment je suis des cours de droit virtuel en ligne, je prépare ma licence, ça me prendra bien cinq ans avant de l'avoir. C'est Coleen qui a insisté pour que je m'inscrive, quand elle a le temps elle m'aide à réviser.

– Je ne pourrai jamais te nommer lieutenant si tu n'as pas ta licence, tu ne vas pas rester flic de base toute ta vie, tu vaux mieux que ça…

Un tiers de salaire en plus, sans parler des primes et de la retraite cinq ans plus tôt : difficile de cracher dessus.

– Il faut que tu en fasses ton deuil, de ta sœur, m'a dit Coleen un jour. Sinon tu continueras à la voir n'importe où, et ça te pourrira la vie.

Elle est la seule, Coleen, à savoir pour Alys, à la Cyber.

Ici personne n'est au courant, pas même Harper, pourtant lui c'est mon partner… Harper et moi on ne se voit jamais en dehors, au boulot on évite les sujets persos, ça paie : pas un seul engueulo en cinq ans.

## Marine Drive

J'ai un faible pour les flags, ça change de la vie de bureau.

Des cyberpédos il y en a dans tous les milieux, au moins ça nous fait voir du pays : West Van, China-town, Mission Five, Kitsilano, North Van, Burnaby... Les Blancs, les Chinois, les Indiens, toutes sortes de ghettos. Au final, riche ou pauvre, on trouve toujours un type à poil devant son écran.

On lui tombe dessus et on l'embarque, lui et son matos.

Un matin, ça ne s'est pas passé comme prévu.

C'était au 76-89, West Marine Drive, un endroit chic au bord du Pacifique, hors de prix depuis que les riches Chinois de Hong Kong ont débarqué à Vancouver avec leurs dollars. Maintenant, ils sont partis, mais les prix n'ont pas baissé, exactement le genre d'endroit où vous et moi on ne vivra jamais. Enfin vous je ne sais pas, mais moi c'est clair, vu les salaires à la Cyber...

Harper et moi, on préparait cette descente depuis des semaines. Chez ce type, Johnson, pédiatre, chargé des enfants maltraités de la réserve indienne Mission Five. Typique, un tiers de nos clients travaillent avec les enfants.

Au jour J on sonne chez ce *Dr Johnson, pédiatre*, pas d'erreur c'était écrit sur la porte, à 6 heures du matin pour être sûrs de le coincer. En chemin on croise une bande de gamins lancés à toute allure sur leurs skates, ils manquent de nous renverser.

– Pourriez pas faire attention ! a crié Harper en se jetant contre le mur.

Ça commence drôlement tôt, l'école, dans les beaux quartiers…, j'ai pensé.

On sonne, personne, on cogne avec le poing, rien.

Toutes les lumières sont allumées.

On pousse, pas besoin de passe, la porte n'est pas fermée.

Dans un quartier comme celui-là, c'est plutôt étrange.

Harper et moi on entre revolver au poing, et on trouve Johnson dans le living, ligoté devant son écran, les yeux révulsés, tétanisé.

– Bizarre bizarre, a murmuré Harper, pourtant pas bavard.

Je passe ma main devant son visage, aucune réaction.

Je fais mine de lui balancer un coup de poing, il ne cille pas.

Et toujours ce foutu regard, à glacer les sangs.

Pendant ce temps, sur l'écran les images défilent – *Rape a Child, Cyber Lolita, Under 14*, les fichiers habituels.

D'un coup, sans prévenir, le type se met à gémir – comme un chien à l'agonie. Horrible, ce cri. Insoutenable, même.

Harper et moi on s'est regardés, on ne savait pas quoi faire.

J'ai débranché l'écran, la tête du type est retombée, et là d'un coup il s'est mis à saigner des yeux, des larmes de sang, impressionnant.

L'ambulance de la Cyber est arrivée, ils ont embarqué le type et son matos, on est rentrés au bureau, j'ai envoyé mon rapport à Coleen, elle a mis le labo sur le coup en urgence.

– Je n'aime pas ça, a-t-elle dit en regardant les yeux sanglants du pédiatre.

Elle nous a lâchés pour la journée, on devait avoir l'air assez sonnés. Du coup on est allés faire un billard chez Joe, sur Main et Robson.

Un drôle de type, ce Harper, ai-je pensé en le regardant pointer. Je passe mes journées avec lui, et je ne sais rien de sa vie. Mais alors rien, néant. Même pas s'il est marié. Il n'a pas d'alliance, mais ça ne veut rien dire.

Un jour Coleen m'a dit, l'air de ne pas y toucher :

– Harper, il a un passé.

Pas un mot de plus, impossible de lui tirer les vers du nez.

C'est une tombe, Coleen, quand elle veut.

Avant de rentrer, Harper et moi on a mangé un

souvlaki à English Bay, l'air était doux et salé, des jeunes phoques à tête noire jouaient dans les vagues, des gamins faisaient griller un saumon sur la plage. Ça me rappelait mon enfance, Alys et moi on adorait ça, on s'en léchait les doigts. Avec le temps j'arrive à penser à elle sans trop souffrir, juste les bons vieux souvenirs, si j'avais pu oublier les yeux sanglants du type de Marine Drive je me serais cru en vacances, seulement voilà, je n'y arrivais pas, dès que je fermais les yeux je voyais les siens, je me sentais mal.

Harper ne disait rien, pour changer, il faisait des ricochets.

En rentrant chez moi je suis tombé comme une masse, pourtant je ne dors jamais la journée. Le coup des yeux, ça m'avait tué.

C'est mon biper qui m'a réveillé.

J'ai vu la tête de Coleen scintiller sur l'écran.

– Hiromi et moi on a une surprise pour toi, dépêche-toi !

Je me suis jeté de l'eau froide sur le visage, et j'ai sauté sur mon vélo.

## La puce empathique

Cinq minutes plus tard j'étais au labo.

L'avantage d'habiter Down Town, dans un de ces immeubles pour célibataires que je n'aime guère, c'est que je suis à dix blocs du boulot.

Le pédiatre était dans le même état que le matin, à part les yeux, couverts de pansements. On lui avait posé un casque sur le crâne, relié à une série d'écrans.

Hiromi, la chef du labo, a mis un doigt sur la scintigraphie.

— On lui a sondé le cortex, à ton type, et regarde ce qu'on a trouvé.

Dès que les images de *Daddy Fuck* ont commencé à défiler, Johnson s'est arc-bouté, comme si on l'avait vissé sur une chaise électrique. Il a poussé ce long gémissement, insoutenable, j'ai plaqué mes mains sur mes oreilles.

— Arrête ça, Hiromi, je ne supporte pas.

Coleen a appuyé sur un bouton, la tête du type est retombée, ses yeux se sont mis à saigner sous les pansements, on voyait le sparadrap rougir, et les cotons, bientôt des filets de sang ont coulé sur sa joue. Sur l'écran ça scintillait dans tous les sens, je ne comprenais rien à ce que je voyais.

– Explique-moi, Hiromi.

Elle a croisé les bras.

– Une puce à effet feed-back, implantée à la surface du cortex avec un pistolet de nanochirurgie : il n'a rien dû sentir, à peine une piqûre de moustique.

Je comprenais de moins en moins.

– Une puce à effet feed-back ?

– Au lieu de jouir des souffrances des enfants sur l'écran, le voyeur ressent les tortures comme s'il les vivait vraiment. Une puce empathique, si tu veux.

– Je ne sais pas qui est le tordu qui a conçu tout ça, mais il est vraiment fort.

– Et ce n'est pas tout, regarde, il y a un copyright…

Je me suis penché sur la scintigraphie, et j'ai lu : UNICA.

– Qu'est-ce que ça signifie ?

Coleen a échangé un clin d'œil avec Hiromi.

– Alors ça, mon petit gars, on n'en a pas la moindre idée.

– À toi de trouver…

Tétanisé sur sa chaise, le pédiatre continuait à pleurer du sang.

– Et lui, il va s'en tirer ?

– S'il s'en sort, il a toutes les chances de se réveiller aveugle.

– De toute façon, avec ce qu'on a trouvé sur son disque dur, s'il s'en tire, il en prendra au moins pour cinq ans.

## Coleen & Hiromï

Au labo, je venais de découvrir ce que tout le monde à part moi savait déjà : Hiromi et Coleen sortaient ensemble depuis pas mal de temps.

Ça crevait les yeux, pourtant.

Il avait fallu ce regard entre elles deux pour que je découvre enfin ce qui n'était un secret pour personne.

Même Harper était au courant, c'est dire.

La Nordique et la Japonaise, la flic et la chercheuse, la chef de la Cyber et la boss du labo : joli duo.

J'enviais Coleen, j'ai toujours eu un faible pour les dominatrices de type asiate. Je savais bien qu'elle était lesbienne, Coleen, elle me l'avait dit, Hiromi, j'ignorais. Franchement je les comprends, les filles : quand tu vois ce que font les types, à la Cyber, ça ne te donne pas envie.

Des femmes on en attrape très peu, en sept ans je n'en ai jamais vu. Harper en a pris une en flag un jour où j'étais en congé, une mère de cinq enfants.

– Elle aurait dû s'arrêter avant, regarde où ça l'a menée.

Coleen a ajouté :

– La femme sera vraiment l'égale de l'homme le jour où on en coincera autant que de mecs à la Cyber. Mais je ne suis pas sûre de le vouloir, j'aime autant qu'on reste comme ça.

Elle a toujours le mot qui tue, Coleen.

Qu'est-ce qu'on pouvait dire, Harper et moi…

On s'est levés et on est allés à la buvette prendre un Coca.

– Elle est trop forte pour moi, la chef, a dit Harper en se passant la main sur le crâne. Trop forte.

Et il a renversé la moitié de son verre sur son jean.

*Dies irae*

Le pédiatre de Marine Drive s'en est tiré de justesse.

Comme l'avait prédit Hiromi, il s'était réveillé aveugle, ses vaisseaux saturés de sang avaient disjoncté dans la nuit.

Je lui ai rendu visite avec Harper dans sa chambre d'hôpital sécurisée, deux soldats montaient la garde à l'entrée.

Pauvre type, ai-je pensé en entrant.

Livide, avec ses pansements sanglants sur les yeux, il faisait peine à voir. Harper a baissé la tête.

– J'ai la phobie des aveugles, m'a-t-il glissé à l'oreille. Je t'attends dans le couloir.

J'ai demandé une chaise à une infirmière et je me suis assis près du lit. J'avais choisi de ne pas en rajouter côté culpabilité, je lui ai épargné le sermon habituel pourtant bien rodé – *comment vous, un pédiatre, etc., n'avez-vous pas honte !* Il avait assez payé. Sa cécité ne l'empêcherait pas d'en prendre pour cinq ans, les jurés y verraient la marque de la colère du Ciel, le verdict n'irait pas contrarier le *Dies irae*.

Je n'ai pas réussi à en tirer grand-chose, tout le temps où je suis resté il n'a pas arrêté de pleurer.

– Mes yeux, mes yeux, oh, mes yeux…, il gémissait.

J'ai mis la main sur son bras.

– Faut pas frotter, mon vieux, sinon ça va s'infecter.

Je suis sorti, j'en avais assez vu.

Harper se rongeait les ongles dans le couloir, assis sur les talons.

– Rien à en tirer. Arrête de te manger les doigts, on dirait que c'est toi qui es là-bas.

## Flic de l'âme

La suite de l'affaire Johnson m'a donné raison : dès sa sortie d'hôpital, le pédiatre de Marine Drive a eu droit à un procès accéléré, l'affaire avait été ultra-médiatisée.

Au final Johnson en a pris pour sept ans ; deux ans de plus que la peine maximum. Son métier n'a pas joué en sa faveur, ni sa belle maison sur Marine Drive, sa cécité est apparue à tous comme un châtiment mérité. À l'énoncé du verdict il y a même eu des bravos, le président du tribunal a dû faire évacuer la salle.

Mon ami Chris Malloy, du *e-Sun*, était sorti écœuré :

– Une nouvelle chasse aux sorcières, si tu veux mon avis.

Il m'a emmené boire un verre à la buvette du palais.

Dans les couloirs, j'ai croisé Miranda Dawson, la sœur du juge Dawson, celui que j'avais piégé sept ans plus tôt ; enfin celui que j'avais cru piéger en envoyant son blog aux mœurs, et qui m'avait fait condamner pour viol de la vie privée.

Dès qu'elle m'a vu, elle a foncé droit sur moi, en sept ans elle était devenue énorme, une vraie bisonne, j'ai vraiment cru qu'elle allait me charger.

– Charity, ne croyez pas que vous allez vous en tirer comme ça, Waters ne sera pas toujours là pour vous protéger.

Elle s'est engouffrée dans la salle du tribunal en faisant voler les pans noirs de sa robe.

Chris l'a regardée s'éloigner :

– Méfie-toi, elle est tenace, Miranda, elle ne te lâchera pas.

J'ai haussé les épaules.

– Elle ne me fait pas peur, la Dawson, ces gens-là ne feront pas toujours la loi.

La buvette était bondée, tout le monde parlait du procès Johnson, je captais un mélange bizarre de conversations, j'ai cru entendre prononcer mon nom, un avocat m'a désigné du menton.

– Ils font la gueule, les flics de l'âme…

C'est de moi qu'il parlait. Enfin de nous, à la Cyber. Au palais les jeunes magistrats nous appellent tous comme ça, je ne sais plus quel juge a lancé la mode, en tout cas ça a pris, même la presse s'y est mise.

– Flic de l'âme, tu parles, il faudrait encore qu'on en ait une.

Chris sirotait son verre de lait.

– Parle-moi un peu de ce copyright UNICA.

– D'où tu sors ça, toi ?

Il a fini son verre d'un trait, moi le lait chaud, rien que d'y penser, j'ai la nausée.

– Comment tu peux boire ça, Chris…

Il m'a regardé.

– Et toi comment tu peux regarder ces images toute la journée ?

J'ai tourné la cuillère dans ma tasse.

– Il y a un seul problème à Vancouver, c'est le café, une vraie lavasse.

## L'armateur

Trois jours plus tard, une nouvelle surprise nous attendait, Harper et moi, sur le port cette fois, dans un hangar à bateau du côté des docks, le genre d'endroit que les Hells Angels affectionnent.

Je n'aime pas trop traîner par là, même en plein jour, je me sentais nerveux. Harper avait mis la main dans sa poche, sur la crosse de son flingue, on ne la voyait pas mais moi je le savais, ça me rassurait.

– Tu es sûr que c'est là ? a demandé Harper. On dirait que c'est mort.

J'ai vérifié sur le pager.

– C'est ce qui est indiqué, en tout cas. Il est censé faire quoi, le type ?

Harper s'est gratté le front.

– Officiellement, armateur, dealer pour arrondir les fins de mois. Métamphét coupée avec de l'héro, la Red Death, le dernier truc à la mode dans les réserves, ça les bousille par dizaines, les gamins.

J'ai hoché la tête.

– Joli coco.

Je n'avais jamais entendu Harper parler autant.

J'avais tendance à oublier que sa mère était indienne.

Aux aguets, comme maintenant, ça se voyait. Au bureau, avachi devant son écran, il avait l'air d'un redneck comme vous et moi.

Une bande de gosses en rollers est sortie du hangar à toute allure, on a entendu un hurlement qui montait, Harper et moi on s'est précipités, on a trouvé l'armateur ligoté devant son écran, les yeux pleins de sang.

Harper l'a débranché, et moi j'ai soupiré :

– Va falloir qu'on protège les cyberpédos contre leurs prédateurs, à présent.

Je me sentais découragé.

Harper fourrageait déjà dans le bureau.

Le soir au labo, même topo : grand retour de la puce empathique et du copyright Unica.

Le lendemain on a reçu un coup de fil de l'hosto : l'armateur avait perdu la vue.

– Né-cécité fait loi, a murmuré Harper, spécialiste du calembour lamentable.

Coleen s'est tournée vers moi.

– Herb, ces types se foutent de nous, je ne veux pas de gang qui se fasse justice sur mon terrain, ça fait désordre, comme si on n'avait pas assez de problèmes avec les excités de *Perverted Justice*. Trouve-moi qui se cache sous ce sigle Unica, je te détache jusque-là, mais attention, je veux des résultats ! Et pas un mot à ton ami journaliste, je vous ai vus l'autre jour à la buvette du palais, méfie-toi.

Je l'ai regardée droit dans les yeux.

– *Big Mother is watching you*, c'est ça ?

Elle a ri.

– C'est mon métier, Herb, qu'est-ce que tu veux. Flic dans l'âme, on ne peut rien me cacher, même toi.

À tout hasard j'ai envoyé Salman chez le pédiatre de Marine Drive, un détail avait pu nous échapper.

Salman fait bien six pieds de haut, comme si ça ne suffisait pas, il porte un immense turban jaune safran. C'est la meilleure fouine de la Cyber, il a des mains de fée, rien ne lui échappe. Il suffit de le lancer, il ne lâche jamais le morceau. Je me demande où Coleen l'a trouvé, celui-là. Elle n'a jamais voulu me le dire, c'est comme pour Harper, quand je l'interroge elle fait des mystères.

Salman-les-doigts-d'or a fini par mettre la main sur une webcam planquée dans la chambre à coucher. Vu les habitudes du gars, ça ne m'a pas vraiment étonné. Ce genre de type adore filmer ses ébats.

Johnson était assis devant son bureau, on le voyait de dos, un éclair de métal a jailli – d'après Coleen, l'arme utilisée pour injecter la puce empathique –, le pédiatre s'est figé devant son écran, une petite fille s'est approchée tout doucement, ensuite on n'a plus rien vu.

J'ai demandé à Salman d'agrandir le visage de la gamine et de m'envoyer la photo.

Dès qu'il a été en état de parler, je suis allé cuisiner l'armateur.

Bien sûr il n'avait rien vu, rien entendu, on l'avait assommé alors qu'il venait de se connecter, un coup sur la nuque, paf, et il s'était réveillé attaché.

J'allais partir, il s'est cramponné à mon bras.

– Dites : je vais retrouver la vue, n'est-ce pas ?

Je me suis dégagé.

– Mais oui, mon vieux, mais oui…

À la Cyber, j'étais perplexe.

– Comment font-ils pour être là où on va juste avant nous… Une fois, je ne dis pas, mais deux ?

Coleen s'est tournée vers moi.

– Quelqu'un doit vous pister, ou alors…

– Ou alors quoi ?

Elle a hoché la tête, elle nous a regardés, Harper et moi.

– Je ne sais pas, à vous de trouver.

Je n'ai pas aimé le ton de sa voix.

– Tu nous soupçonnes ?

Elle a eu un sourire fatigué.

– Ne sois pas parano, Herb, s'il te plaît.

# Le dream catcher

Il était tard, cette histoire m'avait vidé.

Je suis rentré chez moi, je n'avais qu'une envie : m'allonger et me connecter au dream catcher, ça faisait des nuits que je ne m'étais pas raccordé.

Le lendemain matin j'avais rendez-vous avec Salinger, on commençait toujours la séance en visionnant mes rêves, j'en avais besoin, ça m'apaisait.

Dès que Salinger m'avait parlé du dream catcher, je m'étais empressé d'accepter.

Le DC avait été mis au point par un labo de Houston pour l'armée américaine afin d'aider les vétérans de la guerre d'Irak à surmonter leurs traumatismes. L'état-major appelait ça du « déminage onirique ».

Après des années de recherche, le DC venait d'être abandonné, officiellement, à cause des risques qu'il faisait courir aux vétérans, en réalité à cause des pressions du ministère : imaginez qu'un petit malin s'amuse à balancer les cauchemars d'un soldat à CNN, il en faut moins que ça pour faire tomber un président.

Salinger avait participé au projet à titre de consultante, elle avait réussi à récupérer quelques prototypes à des fins expérimentales. J'étais son cobaye, l'idée ne me déplaisait pas.

– Je préfère vous prévenir, il y a peut-être des effets secondaires, je ne les connais pas encore, vous êtes le premier à l'utiliser.

J'avais haussé les épaules.

– Docteur Salinger, je ne crois pas au risque zéro.

L'appareil ressemblait à un bonnet de bain couvert d'électrodes, son fonctionnement était à la portée d'un enfant de cinq ans, je suis reparti avec.

Depuis, je visionne mes rêves dans mon lit le matin en buvant mon café, c'est le meilleur moment de la journée. Je ne vais plus jamais au ciné, je préfère regarder mes rêves sur home studio, à côté, Dreamworks peut toujours s'aligner.

Une nuit j'ai rêvé que Salinger me le confisquait.

Quel soulagement en me réveillant de le retrouver posé sur mon crâne lisse ; à cause du DC je me rase la tête une fois par mois.

Les filles de la Cyber apprécient, quand je sors de chez le coiffeur elles me caressent toujours le crâne en passant.

Salman m'avait envoyé le visage de la fille agrandi, en installant le dream catcher je l'ai regardé avec attention.

Elle doit avoir entre dix et douze ans, pas encore formée, visage étroit, yeux bleu sombre, sourcils noirs, une longue mèche blanche sortie de son bonnet

– *blanche*, pas blonde, Salman avait insisté là-dessus en me l'envoyant. Il a du nez, Salman.

J'ai vérifié que le dream catcher était bien installé – *une petite fille à cheveux blancs* – et je suis tombé dans un trou.

## La forme d'une ville

Tout le monde le sait depuis la dernière alerte : Vancouver peut disparaître d'un instant à l'autre.

Demain, dans un mois, dans dix ans ; il suffit que la Faille des Cascades se réveille. Bien sûr on peut continuer à faire nos petits exercices d'évacuation, dégager les sorties de secours ou se planquer sous les bureaux, comme à la Cyber chaque lundi, seulement quand nos buildings de verre nous tomberont sur la tête, on aura l'air malins à quatre pattes sous nos bureaux.

C'est ma ville et je l'aime, je l'aime comme un immense animal qui m'a vu naître et grandir, qui a léché mes plaies.

Elle est ma ville-forêt, ma ville-mer, ma ville-monde.

Dès que j'ai un jour de repos je fais le tour de Vancouver pieds nus par l'océan, je pars au petit jour, je suis le chemin des grèves, et à la nuit me voilà revenu à mon point de départ.

Cette nuit j'ai rêvé que Vancouver s'effondrait.

D'abord les arbres de Stanley Park, ensuite les tours de verre du front de mer, puis les myriades de fourmis humaines hurlantes emportées par le tsunami…

Ce spectacle m'était indifférent, je fumais en le regardant.

À la fin Vancouver tout entier avait disparu, englouti par les flots. J'étais assis dans une barque avec la gamine de la photo, la petite à la mèche blanche, nous étions face à face, souriants, indifférents au désastre. Soudain la fillette s'est jetée sur moi et m'a embrassé, elle a ôté sa robe en se frottant contre moi, et moi je ne faisais rien pour l'en empêcher.

J'ai éteint la machine, j'étais incapable de continuer.

## Les dents de l'analyste

Avant d'aller à mon rendez-vous, j'ai piqué une tête dans l'océan, les vagues étaient glacées, ça m'a soulagé. En sortant je me sentais capable de montrer mon rêve à Salinger.

Sur la grève raclée par le vent une grosse mouette grise m'a regardé en ricanant, je lui ai lancé une poignée de galets, elle s'est envolée en hurlant. Une mouette ou un albatros ? me suis-je demandé en me rhabillant. Je n'ai jamais su faire la différence. Pourtant Coleen me l'a expliqué dix fois, les oiseaux c'est sa passion. Le bain m'avait ranimé, j'ai couru d'une seule traite jusqu'à Pender Street, je me sentais des ailes aux pieds.

Dans la salle d'attente de Salinger, j'ai croisé une femme en larmes, ce n'est pas si souvent que je rencontre un autre patient, en général elle s'arrange pour qu'on ne se voie pas.

Salinger était chic, comme toujours. Je n'imaginerais

pas une analyste négligée, l'élégance fait partie de la thérapie.

Je me suis affalé sur le canapé et je lui ai résumé ce qui m'était arrivé depuis la dernière séance. Je parlais trop vite, j'avalais mes mots, je m'en rendais compte, mais je ne pouvais pas m'en empêcher. Je lui ai tout balancé : l'attentat chez le pédiatre, l'histoire de l'armateur, la fillette aux cheveux blancs repérée par Salman, son image sur la webcam.

En m'écoutant Salinger a eu l'air soucieuse, plus je parlais et plus elle fronçait les sourcils, elle s'est même gratté l'aile du nez, signe chez elle d'intense perplexité, avec le temps j'avais appris à la décoder.

– Herb, vous êtes surmené, il vous faut du repos, je vais vous prescrire huit jours d'arrêt.

Pour finir j'ai glissé mon rêve de l'autre nuit dans son lecteur, en lui déballant la suite, de plus en plus vite. Salinger essayait de suivre, à un moment elle a arrêté de prendre des notes.

– Une puce empathique à effet feed-back ? Et ces gens perdent la vue ? Les voyeurs deviennent aveugles ? C'est bien étrange, ce que vous me racontez là… Parlons plutôt de votre rêve, Herb. Comment l'analysez-vous ? Il vous arrive d'avoir du désir pour des enfants ? Ne rougissez pas, je vous parle de pulsions, de fantasmes, ça arrive à tout le monde, ce sont les risques du métier…

Elle a repassé la séquence du baiser au ralenti, j'ai détourné les yeux.

– Vous vous trompez, je n'ai jamais eu de désir

pour aucun enfant, jamais, j'ai une sexualité tout à fait normale, si vous voulez savoir.

Elle mordillait la gomme de son crayon en souriant, j'étais fasciné par ses dents : elles étaient toutes exactement semblables.

– Qu'entendez-vous par normale, Herb ?

Je me suis levé et je suis sorti sans attendre qu'elle referme son carnet, j'étais noué.

L'ordonnance dans la poche, j'ai roulé jusqu'à Jericho Beach, j'ai déchiré la feuille en petits morceaux et j'ai lancé les débris sur l'eau.

Je suis arrivé au bureau hors d'haleine, Coleen avait l'air inquiète, préoccupée plutôt.

– Herb, je viens de recevoir un appel de Salinger. Elle pense que tu devrais changer de service, d'après elle tu es surmené, tu as atteint la limite. Qu'est-ce qui s'est passé chez Salinger ? Vous avez eu des mots ? Assieds-toi, tu es tout pâle… Ça ne va pas, Herb ?

– Je n'ai rien mangé ce matin, c'est tout… Je sors m'acheter un donut et je reviens.

J'ai filé chez Waffle, à deux pas, sur Main et Robson, la grand-mère de Jimi Hendrix y vendait des donuts il n'y a pas si longtemps, je me souviens de l'avoir vue ici quand j'étais gosse, je ne savais pas qui était Hendrix, à l'époque.

Voilà pourquoi j'aime Vancouver : la grand-mère de Jimi Hendrix y vendait des donuts. J'en avale trois, et ça va mieux.

— Tu as meilleure mine, m'a dit Coleen quand je suis rentré. Maintenant explique-moi comment tu vas procéder pour l'affaire Unica. Tu as besoin de quelqu'un, tu veux que je libère Harper ?

— Laisse Harper où il est, je m'en sortirai mieux tout seul, je te fais signe dès que j'ai du nouveau. Ne t'inquiète pas pour moi, c'est Salinger qui a besoin de repos.

Le soir même Coleen m'a rappelé, elle était tendue, je l'ai senti dès le premier mot.

— Herb, quelqu'un a mis un mouchard sur mon agenda, celui des flags de la brigade. Tu comprends maintenant pourquoi ces gamins arrivent juste avant vous ?

Un mouchard… Intéressant, le tout est de savoir en jouer.

— Note-moi un flagrant délit pour lundi matin 6 heures, s'il te plaît, à Kits', je t'envoie l'adresse.

## L'orchidée inuit

Le lendemain soir j'étais à Kitsilano, dans l'atelier de mon ami Ken, parti donner des cours d'éducation sexuelle aux Inuits pour l'été. Il m'avait laissé les clés, j'étais chargé de veiller sur son orchidée tigrée, arrosage automatique, mais sait-on jamais. L'orchidée était parfaitement irriguée et moi je me sentais comme chez moi dans la peau de Ken. J'ai posé mon iBook sur son bureau, j'ai cliqué sur *Under 14* et j'ai attendu le matin.

J'étais censé intervenir à 6 heures, c'était inscrit sur l'agenda de la brigade, j'espérais une visite matinale des nanochirurgiens dresseurs de puces empathiques vers les 5 heures du matin, seulement à la place du voyeur mentionné sur le pager de la brigade, c'est moi qu'ils trouveraient devant l'écran.

Ensuite ? Ensuite… j'improviserais, comme d'habitude.

Ce genre de combine m'avait plutôt réussi jusqu'ici, les plans simples sont toujours les meilleurs.

Herb le hacker renaît de ses cendres, ai-je chantonné

en me balançant dans le rocking-chair de Ken, tout en surveillant sa porte du coin de l'œil.

C'est vrai, j'aurais dû en parler à Coleen avant, elle me l'a assez reproché… Parfois l'audace paie, et parfois elle vous mord les doigts, ça fait partie du jeu, on ne peut pas gagner à chaque fois.

Les heures passaient, je n'arrivais pas à dormir, je remuais toutes sortes de pensées. Alors comme ça Harper a un passé…

Dès que j'aurai résolu cette affaire de puce empathique, je me pencherai sur son cas, à mon partner.

Vers 4 heures j'ai fermé les yeux, le ciel commençait tout juste à blanchir.

Quand je me suis réveillé il faisait grand jour –cette fois ils ne viendront pas, tant pis c'est râpé.

Je me suis étiré, en me levant j'ai vu que quelqu'un avait noué les lacets de mes Converse ensemble, le genre de truc que font les gosses, j'ai failli me casser la figure, je n'avais rien vu, rien entendu. Pourtant j'ai le sommeil léger, d'habitude un regard suffit à me réveiller.

Je suis allé au bureau à toute vitesse, j'ai trouvé Coleen devant la machine à café, je lui ai fait un résumé de ma nuit, je n'étais pas fier de mes exploits, il valait mieux ne rien lui cacher.

– … ils ont dû se marrer en me voyant endormi sur le rocking-chair.

Coleen n'a pas trouvé ça drôle.

– Ils se sont payé la tête de la Cyber et la Cyber, c'est moi, je n'aime pas ça. Visiblement ils sont malins, il faut que tu sois plus futé qu'eux, tends-leur un piège, un vrai, pas un truc à deux dollars, tu sais faire, non ?

Elle m'avait piqué au vif.

– Laisse-moi une chance, j'ai une meilleure idée, cette fois-ci ça ne peut pas louper.

– Tu as besoin de renfort ?

– Pas la peine, je m'en sortirai mieux tout seul, on est déjà en sous-effectif, je ne vais pas te prendre du monde rien que pour ça. Tu crois toujours en moi ?

Elle a fait la petite grimace que j'aime bien : plissé de bouche et roulement d'yeux. L'air de dire : bah… au point où on en est.

Je suis rentré chez moi, j'avais besoin de me détendre avant de passer à l'action.

## Webcam sur Mars

À la Cyber on est soumis à une drôle de pression, chacun a ses trucs pour résister. Coleen fait un genre de yoga tibétain en marchant sur la tête les jambes croisées, moi quand je sens que je vais craquer, je me connecte à la webcam sur Mars.

Il n'y a rien à voir, il ne se passe jamais rien, la lumière change à peine, il n'y a personne nulle part, aucune trace de vie, maintenant on en est sûr, rien que ce vent dément qui fait voler la poussière. Ça me coûte seulement 9,99 dollars par mois et ça me fait un bien fou, je me sens connecté avec le néant.

Quand je ne peux pas dormir je tape www.me-on-mars, ça me vide la tête de toutes les images sales qui y sont stockées. Rien de tel qu'un bon lavage de cerveau.

# Getting old

Sur l'agenda de la brigade, en face de mon nom, j'ai inscrit une intervention pour samedi soir 11 heures à Burnaby, dans la maison de mon vieux copain Ted Browning, un hacker reconverti dans la pêche au gros pour touristes texans.

Je lui ai rendu un fier service l'an dernier, une histoire d'herbe trouvée dans sa Chevy à la suite d'un contrôle de routine. Je m'étais porté garant de sa moralité, sans moi il prenait trois mois ferme –les stup ne rigolent pas avec l'herbe ces temps-ci.

Je lui ai demandé de me prêter sa maison pour le week-end, il n'a pas pu refuser.

– Ça tombe bien, j'avais envie de faire un petit tour sur l'île de Vancouver, ma famille a un bungalow là-bas. Je te laisse la baraque trois jours, ça te suffira ?

Ça me suffisait.

Le lendemain matin j'ai rendu visite à Rebecca, maquilleuse de cinéma, avec tous les films qu'on tourne à Vancouver ces temps-ci, elle ne chôme pas. Il était tôt, elle buvait son café en bâillant.

– Qu'est-ce que je peux faire pour toi, Herb, mon chéri ?

– Fais en sorte qu'on ne me reconnaisse pas, tu as carte blanche, j'ai juste besoin d'être crédible, c'est pour le boulot.

Elle a ouvert sa mallette, n'a posé aucune question.

– Détends-toi, ferme les yeux, j'en ai pour une demi-heure.

J'étais si bien entre ses mains, ça me rappelait de si doux souvenirs… j'ai fini par m'endormir.

Quand je me suis réveillé, je ne me suis pas reconnu, j'avais pris dix ans en moins d'une heure. Avant de m'asseoir dans le fauteuil de Rebecca je ressemblais encore vaguement à l'enfant que j'étais du temps d'Alys, dans le miroir j'avais l'air d'un homme. Rebecca souriait à mon reflet.

– Mais oui, chéri, c'est bien toi. Tu te plais comme ça ?

– Tu es une magicienne.

Je l'ai embrassée et j'ai couru lui acheter une bouteille de saké chez le Chinois, Sakura, sa marque préférée.

– Oh, Herb, t'es un amour, fallait pas… tu me raconteras ?

– Quand tout sera fini, promis.

Je l'ai serrée dans mes bras.

Je n'arrivais pas à croire que c'était moi.

# Burnaby

La maison de Ted était une baraque ordinaire, dans un quartier sans histoires, plutôt bien tenue, ça m'a étonné.

Son frigo était plein, je me suis fait à manger et j'ai regardé la télé, ça ne m'était pas arrivé depuis une éternité. Je suis tombé sur une émission hallucinante, spiritisme en direct, une grosse dame se vantait d'aider n'importe qui à chasser les fantômes de sa maison, les gens déballaient leurs drames en trois minutes, la grosse tapait dans ses mains, se mettait à hurler :

– C'est ça ! C'est elle ! C'est lui !

Elle envoyait illico son équipe de chasseurs de fantômes sur le terrain, les gogos les accueillaient en se tordant les bras.

Affalé sur le sofa de Ted, je n'en croyais pas mes yeux.

Je devrais regarder la télé plus souvent.

Chez moi je ne l'allume jamais, entre le dream catcher et la webcam sur Mars, j'ai tout ce qu'il faut pour tuer le temps.

Je me suis levé, j'ai éteint, fallait bien, j'ai sorti mon ordinateur de mon sac et je me suis connecté à *Rape a Child*. J'ai cliqué sur l'image la plus hard que j'ai pu trouver, et j'ai essayé de regarder. Celle-là je ne la connaissais pas, c'était trop pour moi, dans la peau d'un flic ça allait encore, mais dans celle d'un voyeur j'avais du mal à supporter.

J'ai croisé les doigts derrière ma nuque, j'ai essayé de respirer bien à fond comme Coleen me l'a appris un soir à Jericho Beach – ouvre ton diaphragme en grand ça chasse l'angoisse –, j'ai pris un sacré coup sur la tête, je n'ai plus rien vu.


J'ai repris conscience dans le fauteuil de Ted, attaché, la tête tirée en arrière, comme le pédiatre de Marine Drive.

Sur l'écran les images de *Rape a Child* défilaient, je me suis mis à hurler, je ne contrôlais rien du tout, je ne pouvais plus m'arrêter. Les sévices que le pauvre gosse subissait à l'écran je les sentais dans ma chair, j'étais empalé sur une lance chauffée à blanc, rien d'autre ne sortait de moi que ce cri horrible qui me terrifiait, les yeux me brûlaient comme si on enfonçait des épingles sous mes paupières – *ça y est, c'est mon tour, je deviens aveugle*–, j'ai fait des efforts désespérés pour me détacher, à ce moment-là l'écran s'est s'éteint, je me suis évanoui.

Je me suis réveillé affolé, je n'arrivais pas à ouvrir les yeux, j'ai mis mes doigts sur mes paupières soudées – *je suis aveugle, je suis aveugle* –, deux petites mains fraîches se sont posées sur les miennes.

– Calme-toi, n'y touche pas, surtout n'y touche pas, ça va aller.

– On t'a débranché à temps, t'auras rien.

Des voix d'enfants, calmes et posées.

– Heureusement que ton maquillage a coulé…

– Tu as de la chance qu'Unica t'ait reconnu.

– Quelle drôle d'idée : un peu plus et tu perdais la vue.

– On va te mettre un bandeau, il faut juste que tu restes 24 heures dans le noir sans rien voir.

– N'essaie plus jamais de jouer au plus malin avec nous, ça fait deux fois déjà, la troisième on ne pourra plus rien pour toi.

Je me sentais sonné, la douleur atroce refluait, les yeux me brûlaient toujours, mais bien moins que tout à l'heure, je faisais confiance aux voix, sans savoir pourquoi.

– On te laisse te débrouiller, si tu n'ôtes pas le bandeau tu t'en sortiras.

– Dépêche-toi, Unica, on s'en va, il s'en remettra.

– T'inquiète pas, on se reverra. Seulement la prochaine fois c'est nous qui déciderons où et quand, tu comprends ?

– Dans dix minutes tu pourras appeler, mais pas avant.

– Si tu fais ce qu'on te dit, tout ira bien pour toi.

J'ai entendu la porte claquer, j'ai attendu longtemps avant d'appeler.

J'ai dû perdre conscience, quand je me suis réveillé Coleen était près de moi avec Hiromi, l'ambulance de la Cyber m'attendait en bas.

– Herb, mon Dieu ! Qu'est-ce qu'ils ont fait à tes yeux !

– Tu saignes...

– Ça va, Herb, tu peux marcher ?

J'ai senti les doigts d'Hiromi sur mon visage.

– Surtout ne touche pas au bandeau, sinon je suis foutu...

Allongé dans l'ambulance entre elles deux, je leur ai tout raconté.

*Flow my tears, the policeman said*

À l'hôpital de Burnaby, assise sur le rebord de mon lit, Coleen a pris ma main, Hiromi était debout un peu plus loin, ça ne présageait rien de bon.

– Herb, j'ai une mauvaise nouvelle. Hiromi t'a scanné : ils t'ont collé une de leurs puces sur le cortex.

– Pour le moment on ne peut pas y toucher, c'est trop frais, tu risquerais d'y passer, il va falloir que tu vives avec quelque temps.

– Tant que tu ne te connectes pas, elle ne devrait pas poser de problèmes.

– Ça, c'est la mauvaise nouvelle.

– Il y en a une bonne : tes yeux n'ont pas été durablement abîmés.

– Juste des lésions superficielles, dans quelques jours ce sera oublié.

– Tu n'as pas été excité, c'est ce qui t'a sauvé.

– Si tu l'avais été, comme Johnson, comme tous ces types qui se connectent, tu te serais pris l'effet feedback en plein dans la rétine, tes yeux auraient cramé, on n'aurait rien pu faire.

Je me suis assis, j'ai essayé de me lever.

– J'ai eu de la chance finalement, c'est ça ?

– C'est ça, oui.

– Une sacrée chance, on peut dire. Reste tranquille, il est trop tôt pour te lever.

J'avais le corps à vif, les yeux me brûlaient encore, mais je me sentais déjà mieux. J'ai posé ma tête sur l'oreiller, et je me suis mis à pleurer, sans pouvoir m'arrêter.

J'ai senti la main de Coleen sur mon front.

– Pleure, va, pleure, c'est ce qui peut t'arriver de mieux.

– Ça devrait aider les tissus lésés à cicatriser.

Elles se sont levées, j'ai entendu la porte se refermer.


Plus tard dans la nuit, à l'heure où les visites sont interdites, j'ai senti des pas légers sur le lino, des lèvres fraîches comme un vent mouillé ont effleuré les miennes, un doux rêve, pour changer.

À mon réveil, juste avant le passage de l'infirmière de jour, j'ai trouvé des toffees sur la table de nuit, des Puffees, ma marque préférée, je les ai reconnus au goût, Alys m'en achetait toujours quand elle allait au Kids Market de Granville Island.

La bouche pleine, j'ai appelé Coleen, ça ne pouvait être qu'elle, elle seule à Vancouver connaît l'histoire de ces toffees.

– Coleen, merci pour les Puffees…

– De quoi parles-tu, Herb ? Désolée, ce n'est pas moi…

L'infirmière est venue ôter mes pansements, j'ai raccroché.

– Vous me dites si je vous fais mal, surtout, n'hésitez pas…

J'ai eu l'impression que mes paupières étaient une soie qu'on déchire, je voyais la chambre de l'hôpital à travers un voile de sang, je me suis évanoui.

Je suis resté encore huit jours à l'hôpital, il y avait des complications, mes globes oculaires avaient subi un choc en retour, l'ophtalmo m'a dit de ne pas m'affoler, c'était normal.

– J'aimerais bien vous y voir…

À part écouter la radio, je ne pouvais rien faire, je guettais les bruits, j'essayais de mémoriser les sons, mieux valait prendre ça comme un jeu, sinon je serais devenu cinglé.

Je repensais aux voix que j'avais entendues la nuit de mon agression, des voix d'enfants, enfantines et posées. J'étais sous le choc quand je les avais entendues, pourtant leurs timbres me revenaient avec une netteté étonnante.

Celle que les autres appelaient Unica, je ne parvenais pas à l'oublier : *calme-toi, n'y touche pas, ça va aller…*

On sentait qu'elle avait un statut à part, celle-là.

*T'inquiète pas, on se reverra. Seulement la prochaine fois c'est nous qui déciderons où et quand.*

D'accord, Unica, j'ai tout mon temps.

Coleen appelait matin et soir pour prendre de mes nouvelles. Elle était venue avec Hiromi la veille de ma sortie, je dormais à moitié, je les ai entendues parler au médecin chef, elles ont laissé un mot sur la porte : « Fais-nous signe quand tu sors, on viendra te chercher », c'est l'interne qui me l'a lu.

Je l'ai jeté dans la corbeille au pied de mon lit, j'avais fini par repérer chaque objet, je n'avais rien de mieux à faire – c'est un bon exercice, d'être aveugle à l'essai.

Toute la vie sans mes yeux je me serais flingué, huit jours sans voir ça allait, ce serait une expérience.

– Au moins vous serez heureux de revoir, parfois on ne connaît pas son bonheur, m'a dit l'interne qui avait passé son enfance dans un petit pays d'Afrique où l'on massacre à tour de bras.

Elle m'a parlé de l'une de ses cousines, très douce, un ange, enlevée une nuit par une milice. Pendant des jours et des nuits elle s'était fait violer par des dizaines de soudards shootés jusqu'à l'os, la plupart n'avaient pas quinze ans, elle pleurait tellement qu'un des gosses lui a crevé les yeux avec une pointe de métal rougie au feu – *comme ça tu ne pleureras plus*, a-t-il dit en riant, et tous les autres avec lui. Depuis elle vit dans un village au milieu de ses violeurs, une ONG a tendu des cordes un peu partout entre les arbres pour qu'elle puisse marcher sans trop se cogner.

– Alors vous voyez, Charity, vous faites partie des heureux de la Terre. De quoi vous plaignez-vous ? Imaginez un instant que votre vie sur ce lit d'hôpital avec moi qui vous parle est un rêve et vous vous réveillez dans la peau de ma cousine aux yeux crevés, a sifflé l'interne avec de la méchanceté plein la voix.

Qu'est-ce que je t'ai fait, saleté, pourquoi tu me parles comme ça, je ne l'ai pas violée, ta cousine, j'y suis pour rien, moi, de toutes ces horreurs. Tu hais les mecs ou quoi ?

Je me suis recroquevillé sous mes couvertures jusqu'à la fin de la journée.

– Votre fièvre a monté, m'a dit l'infirmière du soir en secouant le thermomètre, et j'entendais son bracelet tinter.

– Elle va revenir, l'interne ?

Elle a eu l'air étonnée.

– Ce n'est pas prévu, elle est aux urgences aujourd'hui, vous voulez que je l'appelle ?

– Non non, surtout pas…

Elle a posé un calmant sur le bout de ma langue, j'avais peur de m'endormir et de me réveiller dans la peau de la cousine aux yeux crevés, à tenir des cordes entre des arbres noirs.

J'ai fini par sombrer, j'ai rêvé que la grand-mère de Jimi Hendrix vendait des donuts à ses clients en jouant avec les dents l'intro de *Voice in the Wind* sur la Fender de Jimi.

## Apparition divine

L'infirmière du matin avait les mains douces et une voix de gamine, c'est elle qui m'a réveillé.

– Vous pourrez sortir aujourd'hui, monsieur Charity, la fièvre est retombée.

Elle a ôté mes pansements.

– Vous me dites si je vous fais mal.

J'ai ouvert les yeux sur ses seins lourds, sa blouse bâillait, elle n'avait rien en dessous, j'ai eu envie de les toucher, je me suis retenu.

– C'est un plaisir de retrouver la vue avec vous, je n'aurais pas aimé tomber sur l'interne sadique…

Elle a ri.

– Sadique, vraiment ? Vous exagérez. La forme est revenue, dites-moi… Si vous voyez flou dans l'heure qui suit, ne vous en faites pas, c'est normal.

Elle s'est assise contre moi et elle m'a mis du collyre sur la cornée – *regardez en haut, pas moi, le plafond* –, elle sentait bon la sueur fraîche et le foin coupé, j'ai frôlé sa poitrine en voulant prendre un verre d'eau.

– Comment vous appelle-t-on, divine apparition…

– Emily, Emily Dickinson.
– Comme la poétesse ?
Elle a rougi.
– Il n'y a pas de quoi avoir honte, vous savez…
Je lui ai récité *My River*.

> *My river runs to thee :*
> *Blue sea, wilt welcome me ?*
>
> *My river waits reply.*
> *Oh sea, look graciously !*
>
> *I'll fetch thee brooks.*
> *From spotted nooks,–*
>
> *Say, sea,*
> *Take me !*

Le seul poème que je connaisse par cœur, Rebecca s'en sert pour calmer les acteurs pendant la séance de maquillage, ça marche, même les plus angoissés arrêtent de bouger.

*Say, sea, take me…* Essayez, vous verrez.

## Les disparus de Stanley Park

Je n'avais prévenu personne de ma sortie, ni Coleen ni Hiromi.

– J'ai retrouvé mes yeux, ça me suffit comme amis.

Je suis monté dans le premier bus qui passait devant l'hôpital, terminus Stanley Park.

Je n'avais pas envie de rentrer chez moi, depuis huit jours j'étais coincé dans cette chambre d'hôpital sans rien voir, enfermé dans ma boîte crânienne avec cette puce de Damoclès qui menaçait de me désintégrer le cortex à tout moment, j'avais besoin de prendre l'air.

Debout dans le bus, collé à la vitre, je buvais Vancouver des yeux, tout me semblait merveilleux, l'embouteillage, les rues, les gens furieux, même les ménagères entassées à l'arrière avec leur caddie. À l'idée que j'aurais pu ne plus jamais voir, ni Marine Drive, ni les bigoudis roses de la vieille qui me marchait sur les pieds, ni les montagnes bleues loin là-bas, rien de rien, plus jamais, comme Johnson le pédiatre, comme l'armateur, comme la cousine de l'interne…

La voix de la rousse m'est revenue : *Ne vous en faites pas si vous voyez flou...*

J'aurais dû prendre son téléphone, ça m'aurait changé les idées.

Je ne me sentais pas disponible pour une histoire, j'avais besoin de marcher, pas de faire l'amour. Et puis une infirmière comme Dana, non merci, j'aurais eu l'impression de coucher avec ma mère.

La dernière fois, c'était quand déjà...

Rebecca, à Long Beach, l'été dernier, pendant un tournage.

Et aussi au retour, sur le ferry, dans un canot de sauvetage, sous la bâche, vite fait, on avait ri comme des enfants.

C'est un amour, Rebecca, on ne peut pas rêver mieux.

Même pas une obsédée de la grossesse, comme la plupart des filles de trente ans, elle voulait juste un peu d'amour, en passant, elle aurait bien continué. Comment ai-je pu la laisser ?

C'est une fille simple, Rebecca, trop simple pour moi.


J'ai suivi le chemin des plages par les rochers, le vent froid venait d'Alaska, les vagues giclaient sur mes pieds.

J'ai marché longtemps, deux heures peut-être, jusqu'au petit phare rouge, je respirais à fond, la marche m'oxygénait le cerveau.

Après le phare, j'ai eu une impression bizarre,

comme si on me suivait. J'ai entendu la voix de Coleen à la Cyber : *ne sois pas parano, Herb, s'il te plaît.*

J'ai souri, tu as raison, Coleen, c'est mes yeux, tu comprends, ça me travaille, ou alors cette foutue puce à la con, ils m'ont flanqué ça dans le crâne, ces satanés gosses, et je ne sais même pas ce que c'est…

Et j'ai continué de marcher.

Je suis passé devant *lost lagoon*, à l'endroit où le chien d'une promeneuse a déterré deux squelettes d'enfants il y a des années, bien avant que je naisse, et même Alys.

Quand on chahutait, Dana nous disait toujours : « Tenez-vous tranquilles ou l'ogre de Stanley Park va venir vous chercher. »

Ça me faisait peur, j'en rêvais la nuit.

Deux petites croix blanches en bois marquaient l'endroit, quelqu'un y avait posé un bouquet de magnolias rouges, sûrement Scott Caldwell, le vieux flic qui avait suivi l'affaire pendant des années, bien qu'à la retraite, il avait obtenu qu'on lui laisse le dossier. Sa femme était morte, il n'avait pas d'enfants, dans sa vie sans personne les petits squelettes de Stanley Park avaient pris la place des vivants.

Il leur offrait toujours des fleurs raflées dans les bosquets, ça lui valait quelques ennuis avec les jeunes de la police montée.

– Vous devriez montrer l'exemple, grondaient les flics du haut de leurs chevaux. Si tout le monde était comme vous, il n'y aurait plus une seule fleur à Vancouver, ça ne les fera pas revenir, ces malheureux enfants.

Il prenait l'air penaud, mais dès qu'ils avaient le dos tourné, il recommençait.

– J'arrêterai quand j'aurai trouvé leurs noms, avant je ne peux pas, je leur ai juré, m'a-t-il dit un jour en déposant devant les petites croix un bouquet de rho-dodendrons jaune citron.

– Je suis sûr que ça leur fait plaisir.

Des deux petits squelettes, on ne savait rien, juste qu'ils avaient dû être blonds. On avait retrouvé un soulier de randonnée, des knickers en velours vert foncé, un bonnet rond en cuir râpé.

Une promeneuse s'était souvenue d'avoir vu une grande blonde en manteau rouge – pas très discret comme tenue pour une tueuse – entrer dans la forêt en donnant la main à deux enfants le jour supposé du meurtre. On n'a jamais retrouvé la femme, personne ne s'est manifesté pour signaler la disparition de deux enfants blonds. Personne, nulle part. Sacré mystère. Deux petits Indiens de plus ou de moins, encore, tout le monde s'en serait foutu, mais deux petits Blancs bien habillés, amenés dans la forêt par une blonde en manteau rouge...

Les journalistes s'en sont donné à cœur joie, la presse n'avait pas grand-chose à se mettre sous la dent, Vancouver était encore une ville calme, les deux petits sont devenus célèbres sous le nom des « disparus de Stanley Park ».

Pour nous mater, Dana nous menaçait de l'ogre de

Stanley Park, j'avais peur de finir comme eux, mais pas Alys.

– C'est toi qu'elle va venir chercher, Dana, toi, pas nous !

Elle n'avait peur de rien, ma sœur, avec moi ça faisait une moyenne… Parfois dans mon sommeil je hurlais, je rêvais qu'Alys et moi étions les enfants et Dana, la femme en rouge, elle nous entraînait dans la forêt, un couteau de boucher caché sous son manteau. L'année où elle s'est acheté un trench écarlate à Super Value j'étais mort de frousse, j'ai cru que notre tour était venu.

Je croisais Caldwell de temps en temps dans des bars, on buvait une bière ensemble, il ne parlait que de l'Affaire, ça ne me gênait pas de l'écouter. Il avait toujours de nouveaux indices, une nouvelle piste, qui tournaient court à chaque fois. Je l'aimais bien, c'était un modèle de flic, intègre, tenace, à l'ancienne, ce que je faisais à la Cyber le dépassait totalement, il ne s'était jamais assis devant un écran.

– Pourtant ça t'aiderait, pour ton affaire.

Il haussait les épaules.

– Tu crois qu'on ne savait pas résoudre les crimes, nous les vieux, avant vos gadgets ?

Le terrain devenait glissant, je parlais du dernier score des Giants, le rouge lui montait aux joues comme si on appuyait sur un bouton – *Giants,* vooooof ! – et ça repartait.

Dès que je trouvais un détail sur l'affaire, je l'imprimais, et je lui envoyais. Pour moi il était un peu comme un vieux grand-père un rien cinglé mais pas méchant.

Il me restait trois toffees dans ma poche, pas trop écrasés, j'en ai déposé un devant chaque petite croix, et j'ai mangé le dernier.

# La dresseuse d'orque

Il faisait beau et froid, le ciel était d'un bleu coupant, j'ai marché longtemps, je me suis retrouvé devant le grand aquarium sans l'avoir voulu, mes pas m'y avaient mené malgré moi, je n'y étais jamais revenu depuis qu'Alys avait disparu.

J'ai pris un billet, la dresseuse caressait la tête de l'orque qui se frottait contre sa cuisse, la fille m'a souri.

– Et l'autre, elle est où ? Il doit être malheureux tout seul…

Dans l'aquarium les orques vont toujours par deux, Alys et moi, dès qu'on avait un peu d'argent, on venait ici, elle s'approchait toujours trop près.

La fille m'a souri.

– Chez son véto, à Miami, elle a un souffle au cœur.

– Tenez, j'ai dit en ouvrant ma chemise, si vous cherchez un donneur, je veux bien vous offrir le mien…

Elle a ri, elle avait de belles dents, une classe est entrée en criant, les mômes se sont installés sur les gradins, la dresseuse s'est levée, elle a commencé son numéro.

– Orca, fais le beau, allez, saute !

Orca s'est mise à danser sur sa queue, elle faisait le clown en attrapant les poissons.

J'ai senti qu'on me regardait, devant le bassin des dauphins j'ai vu une gamine en noir avec un bonnet rouge, j'ai eu un coup au cœur, j'ai enjambé les gradins, trop tard, la fille avait disparu. Je sais bien que c'est idiot, mais ça ne change rien. On croise un regard, le sang se glace dans les veines, le cœur s'arrête de battre, et ce n'est jamais celle qu'on croit.

Les premières années ça m'arrivait tout le temps de courir après de fausses Alys : toutes les brunes aux yeux noirs lui ressemblaient, même les blondes parfois. Ça ne m'était pas arrivé depuis une éternité, je me croyais guéri, et voilà, tout recommençait, je n'en sortirais jamais.

Je suis monté aux toboggans, j'ai retrouvé le vieux bar avec des tables moches en plastique blanc, j'ai commandé un Coca avec une paille, Alys c'était Pepsi rondelle et moi Coca *on the rocks*.

J'ai entendu une voix acide derrière moi – *un Pepsi s'il vous plaît* –, des branches nous séparaient mais j'ai tout de suite reconnu la voix – *on va te mettre un bandeau, il faut juste que tu restes 24 heures dans le noir* –, celle que les autres appelaient Unica.

Le temps que je fasse le tour elle n'était plus là, elle avait laissé un billet de cinq dollars sur sa table, un verre à moitié vide avec une rondelle de citron et un paquet de Puffees entamé, sur le ticket de caisse elle avait écrit *see you* à l'encre rouge.

Le serveur se souvenait d'une petite fille en jogging noir avec un bonnet sur la tête.

– Elle vient juste de partir.

J'ai pris le ticket et je suis sorti, une classe venait d'arriver, je n'avais aucune chance de la repérer au milieu de cette meute d'ados braillards et gesticulants. Bien joué, Unica.

## Arrêt du temps sur Mars

En rentrant j'ai trouvé un message de Coleen sur mon portable, la Cyber venait de récupérer un film sur une caméra de surveillance cachée à l'entrée des docks, on y voyait les cinq agresseurs de l'armateur ; elle me l'envoyait en pièce jointe.

– Je sais bien que tu es en congé, mais si tu trouves le temps long, voilà de quoi t'occuper…

Sur mon écran l'image était trop petite, je suis monté chez moi étudier ça de plus près.

J'ai une maladie assez rare, et précieuse, selon Coleen, je n'oublie jamais un visage. Salinger appelle ça « hypermnésie ». D'après elle je ne suis pas né comme ça, c'est ma vie de hacker, toutes ces années passées à chercher Alys sur la Toile.

J'ai transféré le film sur mon écran, j'ai agrandi les visages : deux garçons, trois filles, dix, douze ans, pas plus, vêtus de noir, des bonnets sombres enfoncés jusqu'aux oreilles.

J'ai tout de suite reconnu la petite à la mèche blanche repérée par Salman sur la webcam du pédiatre. Sur la photo, elle avait une expression décidée, mains sur les hanches, elle défiait la caméra, comme si elle se savait filmée.

Un par un, les autres visages ne me disaient rien, mais à eux cinq ils me rappelaient vaguement quelque chose.

Je me suis fait couler un bain, j'ai pris un tirage et j'ai fouillé dans ma mémoire, les yeux fermés, lentement… au bout d'un certain temps les mots « hôpital », « évasion », sont remontés à la surface.

En sortant de l'eau je me suis connecté aux archives de la Cyber, j'ai tapé *cinq enfants, hôpital, évasion…* un vieil article du *e-Saskatchewan* est apparu sur l'écran. Au premier coup d'œil j'ai su que j'avais gagné : c'étaient bien les assaillants de l'armateur. J'ai vérifié la date de parution : l'article datait d'il y a dix ans. Impossible, ça ne pouvait pas être les mêmes… J'ai comparé avec l'image envoyée par Coleen, l'expression était différente, mais les visages appartenaient aux mêmes enfants, en dix ans ils n'avaient pas changé.

J'ai posé les photos sur la table, aucun doute : une décennie séparait les clichés, et pourtant les enfants n'avaient pas vieilli. Sur Mars la rouge le temps ne passe pas, tout le monde sait ça, mais sur notre bonne vieille planète Terre, jusqu'à preuve du contraire…

J'ai laissé de côté les images et je me suis concentré sur l'article.

Cinq enfants psychotiques, deux garçons et trois filles, se sont évadés hier soir de la clinique Matthew-Barry, fleuron de l'antipsychiatrie juvénile, dirigée par le Pr Zabrisky, célèbre pour ses travaux controversés sur l'*Enfant virtuel*. Après avoir ligoté une éducatrice, Jennifer Steedman, ils se sont enfuis en voiture, on suppose qu'ils ont bénéficié d'une complicité extérieure. Il s'agit de cinq enfants hospitalisés depuis des mois pour troubles graves du comportement. La direction de la clinique Matthew-Barry n'a pas souhaité commenter cette évasion. Les fugitifs ont entre dix et douze ans, en dépit de leur jeune âge ils sont considérés comme dangereux.

Je me souvenais vaguement de cette affaire, sans plus, elle ne concernait pas la Cyber. J'ai cherché d'autres articles, c'était le seul en ligne. La clinique avait fermé peu après l'évasion des enfants, leurs noms n'apparaissaient nulle part. Ils devaient avoir plus de vingt ans à présent, à supposer qu'ils soient toujours en vie…

J'ai cherché une trace du Pr Zabrisky, il avait disparu de la circulation. Sur omnitrace.com j'ai trouvé une seule Jennifer Steedman, domiciliée à Whistler, en pleine montagne. J'ai appelé, je suis tombé sur un répondeur, Jennifer's Inn était un gîte pour pêcheurs ouvert sept jours sur sept, pas besoin de réserver. La voix était jeune, agréable, j'ai décidé d'aller lui rendre une petite visite. Même si ce n'était pas la bonne, ça me changerait les idées, je n'étais pas sorti de Vancouver depuis une éternité.

# Le grizzly

Il était tôt, le jour venait à peine de se lever, à part quelques camions pleins de troncs énormes, il n'y avait pas grand monde sur l'autoroute. Une nuit blanche, pas rasé, fringué n'importe comment : je ressemblais plus à Herb le hacker qu'à Charity le flic de la Cyber, il ne me manquait qu'un joint, ça devait pouvoir s'arranger.

Je suis sorti par le Lions' Gate Bridge, ça m'a fait chaud au cœur de voir les deux lions de bronze et la Fraser qui gronde en bas, j'ai eu l'impression de croiser deux vieux amis. Je me sentais bien, comme quand on part en vacances avec des copains, à part que j'étais seul. À la sortie du pont j'ai vu des voitures arrêtées, tout le monde dehors, portable à la main, à guetter je ne sais quoi, j'ai fait pareil, je suis descendu.

– Un grizzly ! a chuchoté un type, en désignant une masse grise qui se frottait contre un arbre.

Je me sentais à moitié rassuré. Les ours ne me font pas peur, mais les grizzlys courent plus vite qu'un cheval au galop, d'un coup de patte ils t'arrachent la tête, aucune chance de leur échapper. Celui-là devait être un vieux mâle revenu de tout, il nous a regardés d'un air las, il est tombé sur le côté, il a ronflé, on voyait son ventre trembler. Cette rencontre m'a mis de bonne humeur, comme si le gardien de la forêt rentrait ses griffes et me laissait entrer dans son monde.

Dans un routier perdu en plein bois j'ai avalé un burger au milieu d'une bande de Hells Angels sérieux comme des papes, je suis sorti du bar avec une enveloppe pleine à craquer, de la bonne, le temps de fumer un joint j'étais à Whistler, je planais, le cyberflic était resté à Vancouver.

Après Whistler, pour arriver à Jennifer's Inn, il faut passer par un chemin de terre. Ce genre de route, étroite, escarpée, je m'en méfie : il y a de la place pour un, pas deux, et si on croise un de ces camions énormes chargés de troncs jusqu'à la gueule et qui dévalent la montagne à toute allure, il ne reste plus qu'à prier.

J'ai roulé les fesses serrées tout le long du chemin, je n'arrivais pas à profiter de la vue tellement j'étais tendu. Les lacs bleus, les arbres hauts comme le ciel, des daims qui franchissaient la piste par dizaines… C'était beau comme un diaporama en 3 D, mais l'idée de me prendre un trente tonnes au prochain tournant me gâchait le paysage. Quand je suis arrivé là-haut, mes genoux tremblaient, j'ai respiré un grand coup avant de mettre un pied dehors.

— Elle n'a sûrement rien à voir avec la Jennifer Steedman de la clinique. Qu'est-ce que je fous là…

J'étais nettement moins confiant qu'en partant.

# La soudeuse

Sous le hangar, j'ai vu une silhouette en bleu de travail, un masque de soudeur sur le visage, un chalumeau à la main, j'ai mis mes mains en porte-voix :

– Je cherche Jennifer Steedman…

Le soudeur a ôté son masque, une masse de cheveux blonds est tombée sur ses épaules.

– Qu'est-ce que vous lui voulez ?

– C'est un peu long à résumer.

La fille a ôté ses gants, l'air intriguée.

– Entrez, on parlera mieux à l'intérieur.

La façade était couverte de bois de cerf, à l'intérieur ça sentait le poisson fumé.

– Je vous sers quelque chose ?

La trentaine, bien en chair, le teint de celles qui vivent au grand air, taillée pour vivre seule dans les bois, le genre de fille qu'il vaut mieux ne pas contrarier.

– Une bière.

Je n'aime pas la bière, mais je ne voulais pas avoir l'air d'un dégonflé, j'ai trempé mes lèvres dans la mousse amère, sans insister.

– Vous venez de Vancouver ?

J'ai hoché la tête.

– Je cherche une certaine Jennifer Steedman, qui a travaillé à la clinique Matthew-Barry il y a une dizaine d'années.

Elle a sifflé entre ses dents.

– Vous me parlez d'une autre vie, là… Vous cherchez quoi, exactement ?

Je n'avais pas envie de perdre mon temps à tout lui expliquer, j'ai sorti ma carte de la Cyber.

– La nuit où les cinq enfants se sont évadés… Vous vous souvenez ? C'est bien vous qu'ils ont ligotée, n'est-ce pas ? Qu'est-ce qui s'est passé…

Elle a hoché la tête.

– C'est bizarre, j'étais sûre que j'en entendrais parler un jour ou l'autre, de cette histoire. Un foutu boulot, éducateur, surtout avec ce genre de mômes. Au début, ça m'attirait, et puis j'ai vite déchanté.

– Racontez-moi ce qui s'est passé.

– J'étais de garde quand c'est arrivé. Une des gosses m'a appelée, la plus petite, Unica, elle avait entendu du bruit sous son lit. Je me suis penchée, elle a crié : « Quelqu'un a oublié un pénis dans ton vagin. » Ça m'a fait un choc… vous ne pouvez pas imaginer. Ils m'ont sauté dessus, ils ont pris les clés, et ils sont partis. C'était ma préférée, Unica, que ce soit elle qui me fasse ce sale coup, je ne m'en suis pas remise, j'ai donné ma démission trois jours plus tard.

– Et Zabrisky, quel genre de type c'était ?

Elle a haussé les épaules.

– Un type bizarre, genre gourou, du fric et des relations, pas net à mon avis.

– Et cette histoire d'Enfant virtuel ?

– Une théorie fumeuse, des puces implantées sur des enfants sélectionnés, pour en faire des messies électroniques des temps nouveaux, de la foutaise… Il y croyait dur comme fer, Zabrisky, il essayait d'enrôler des orphelins pour vérifier ses théories, il s'enfermait avec eux dans son labo pendant des heures, et personne ne disait rien.

– Ceux qui se sont évadés, vous les connaissiez ?

– À part Unica, pas vraiment, je n'ai pas eu le temps. Ils n'étaient pas comme les autres, toujours à part. C'était des cracks en informatique, c'est tout ce que je peux dire.

– Et la petite, celle qui vous a piégée, Unica…

– Je lui en ai longtemps voulu. En même temps, je comprenais qu'ils se soient enfuis, l'ambiance n'était pas nette, à Matthew-Barry.

– Parlez-moi d'Unica.

– Étrange, attachante. On sentait en elle une violence… à part ça, brillante, le genre petit génie, même si elle essayait de le cacher. Les autres aussi d'ailleurs, il paraît que ça fait partie de la maladie.

– Quelle maladie ?

– Je ne peux pas vous dire, Zabrisky n'a jamais été clair là-dessus. Je n'étais pas thérapeute, juste animatrice, je les emmenais courir dans les bois, on faisait des cabanes… Ces cinq-là, il fallait se lever de bonne heure pour les faire sortir, ils passaient leur vie devant leur écran. J'étais jeune, vous savez, pour moi c'était un job d'été, pour payer mes études, je préparais mon brevet, j'ai tout laissé tomber.

– Pour en revenir à Unica…

– J'ai toujours eu l'impression qu'elle dissimulait qui elle était. Mais ses regards la trahissaient : durs, froids – en même temps, on ne pouvait pas s'empêcher d'être attiré par elle. Elle avait l'air tellement fragile… tout le temps sur le point de se briser. Manipulatrice, ça oui, elle m'aurait fait gober n'importe quoi. Unica Bathory, rien que son nom, déjà…

Elle a ri en hochant la tête.

– Vous pouvez me l'épeler ?

– B-A-T-H-O-R-Y.

– Vous ne vous souvenez de rien ? Un détail qui vous aurait intriguée ?

Elle n'a pas eu besoin de réfléchir.

– Le casse de la pharmacie. En partant, ils ont forcé la porte de l'infirmerie, ils ont emporté tout le stock de somatostatine et des seringues. À mon avis, ils se sont trompés, ils ont pris ça pour de la drogue…

– Comment vous dites ? Somato…

– Somatostatine. On avait un patient atteint de gigantisme, à huit ans il faisait ma taille, la somatostatine, c'était pour lui. Mais pourquoi la police s'intéresse-t-elle à eux *maintenant*, après toutes ces années ? Ils ont fait quelque chose ? On les a retrouvés ?

– Je ne peux rien dire pour le moment, c'est trop tôt, je vous tiendrai au courant. Merci Jennifer.

– Pas de quoi. Il faut que je retourne souder, j'ai une jante qui m'attend.

J'ai voulu payer ma bière, elle a posé sa main sur la mienne.

– Laissez, c'est pour moi. Finalement, elle m'a rendu un sacré service, Unica. Après leur évasion j'ai tout arrêté, et je suis venue m'installer ici. C'est le paradis, à côté de Matthew-Barry.

– Même en hiver ?

– Surtout en hiver ! L'été il y a les touristes, l'hiver au moins j'ai la paix, il ne me manque qu'un homme pour me tenir chaud.

Elle m'a fait un clin d'œil.

– Revenez me voir un de ces jours, je vous apprendrai à pêcher.

J'allais sortir quand elle m'a rappelé.

– Deux semaines après leur évasion, la clinique a brûlé. Incendie criminel, on n'a jamais trouvé le coupable.

– Il y a eu des victimes ?

– Quelqu'un a appelé dix minutes avant, ils ont juste eu le temps d'évacuer. Après ça il y a eu une enquête, et Zabrisky a disparu. À l'heure qu'il est il doit être en train de se la couler douce au Paraguay, ou de nourrir les poissons au fond d'un lac, allez savoir, avec ce genre de type tout est possible.

– Vous ne l'aimiez pas beaucoup, on dirait.

Elle a ri.

– Pas vraiment.

Elle a enfilé son masque et elle s'est remise à souder.

En partant j'ai jeté un coup d'œil dans le rétro, j'ai vu sa silhouette penchée sur une gerbe d'étincelles. Drôle de fille… Vivre ici tout seul, je ne pourrais jamais, il faut avoir le cœur bien accroché. En descendant je ne pensais même plus aux camions des bûcherons, j'ai dévalé la piste à toute allure, j'avais la tête ailleurs, plus de place pour la peur.

J'avais eu raison de venir, je commençais à sortir du brouillard. J'ai fait une pause à Whistler le temps de boire un café, et j'ai pensé à elle, toute seule sous son hangar, dans son bleu de travail noir de cambouis, avec son masque, ses gants, son arc à souder. J'avais repéré une Fender entre une tête d'ours et un couguar empaillé, ça me donnait envie de ressortir ma Gibson, j'avais des riffs plein la tête en rentrant à Vancouver.

Je reviendrai peut-être la voir au printemps, quand tout sera fini, qui sait ? Une bonne idée d'apprendre à pêcher.

À mon âge, il serait temps…

## Kiddie Street

Au retour je suis passé par Kiddie Street, la rue la plus sordide de Vancouver, rue des putains et des junkies, même en plein jour ici on dirait que c'est la nuit. Façades noircies, fenêtres murées, putes spectrales, silhouettes de zombies… Chaque fois j'ai froid dans le dos, comme si je traversais le décor d'un film de Carpenter. Autrefois, il y avait dix fois plus de filles par ici. C'est dans cette rue que notre Jack l'Éventreur, éleveur de porcs de son état, égorgeur de femmes par passion, est venu se servir pendant des années. La fille montait dans sa bagnole, il lui faisait son affaire, et pour finir il la donnait à bouffer à ses porcs. Mais même les macs ça sait compter, trop de filles manquaient, le maire a fini par ordonner une enquête : dans le lisier on a retrouvé soixante-quatre corps en petits morceaux, à en juger par les os. Un jour, en ouvrant leurs journaux, les braves gens de Vancouver ont découvert qu'ils mangeaient de la viande de femme au petit déjeuner depuis des années, ce matin-là le breakfast a eu un peu de mal à passer. Ils ont remplacé les saucisses par du bacon, et ils ont vite oublié les filles de Kiddie Street. Pensez, la raclure femelle de Vancouver, des Indiennes, des junkies, des suceuses à 5 dollars… qui s'en soucie ? Deux ou trois encore, ce serait passé inaperçu, ici le nombre a choqué. Au final, Larsen a dû frôler la centaine. Les filles n'osaient plus tapiner. Elles ont fait des grèves, des manifs, pour les calmer les services sociaux leur ont distribué des portables avec forfait illimité. Au début c'était bizarre de les voir en cuissardes, à moitié à poil, parlant entre elles à longueur de nuit, au lieu d'attendre le client en bâillant. La peur a fini par se tasser. Maintenant elles se font tuer une par une, sans faire d'histoires, sans gêner personne.

Chaque fois que je passe par ici, je pense à ces filles.

Ma ville est maudite d'avoir fermé les yeux si longtemps sur ce massacre. Pour expier, on devrait créer un monument en hommage à la Pute inconnue, on y enterrerait tous les petits os dont les porcs n'ont pas voulu. J'ai proposé cette idée au maire quand je l'ai croisé à la Cyber, il m'a regardé d'un sale œil, ce jour-là d'après Coleen je ne me suis pas fait un ami. Possible, je n'ai jamais eu le sens de la diplomatie.

Moins gai que le Lions' Gate Bridge et son grizzly ronfleur, Kiddie Street. Le retour était plus pesant que l'aller.

J'ai regardé le papier que Jennifer m'avait laissé.

Bathory… ce nom me disait vaguement quelque chose.

En attendant, j'avais besoin d'une bonne douche et de me raser.

# Le père virtuel

En rentrant j'ai appelé mon ami Chris, légiste à la morgue de North Van. Il pleuvait des cadavres ces temps-ci, il avait à peine le temps de décrocher. Bagarres du samedi soir, scènes de la vie conjugale, explications entre dealers… Chris était dans son élément, il a toujours eu un faible pour les macchabées. À l'école il fourrait des rats crevés dans les poches des filles, moi bêtement je leur offrais des Puffees écrasés, elles n'en voulaient jamais.

– Ça alors, Herb ! Quel bon vent t'amène ? Je te croyais mort.

Je ne voulais pas lui parler du commando Unica, j'ai improvisé. La Cyber m'avait mis à pied, j'étais en congé longue durée, j'en profitais pour me lancer dans l'écriture d'un scénario, une histoire d'enfants fous qui décident d'arrêter de grandir.

– Un remake de Peter Pan version hard, si tu veux, avec un cyberflic dans le rôle de Wendy. J'ai besoin de conseils techniques, j'ai pensé à toi.

– Sacré Herb, toujours tes histoires de dingues… tu

as tes chances, il n'y a que ça qui marche en ce moment. Au fait, tu es en arrêt pour quoi exactement, dépression ?

– Pas du tout mon vieux, un problème d'yeux.

– Tu as un problème d'yeux et tu te mets à écrire ?

– J'ai besoin de savoir si la somatostatine peut stopper la croissance d'enfants normaux.

Je l'ai entendu tirer sur son joint, c'est pas les macchabées qui vont lui dire d'arrêter, lui non plus n'avait pas changé.

– Tout dépend de ce qu'on appelle normaux... enfin oui, j'imagine, ce serait une utilisation détournée. Laisse-moi vérifier.

Cinq minutes plus tard il m'a rappelé.

– Bien joué, Herb ! La somatostatine inhibe la sécrétion d'hormones de croissance par l'hypophyse, deux injections par jour matin et soir, et n'importe quel enfant arrête de grandir, c'est jouable, ton truc. Mais dis-moi, c'est une découverte récente, la somato, comment es-tu au courant ?

Je suis resté dans le flou, je lui ai proposé de boire un verre chez Mama Doesn't Know, son QG, un bar de Hells Angels sur Robson qui joue du heavy metal nuit et jour.

– Pas le temps en ce moment, Herb, trop de boulot. On fêtera ça plus tard, quand Spielberg t'aura acheté les droits !

Chris était mon plus vieil ami à Vancouver, le seul avec qui je restais en contact. On avait pas mal de points communs, lui et moi : mères plus ou moins cinglées, nés tous deux de pères inconnus, on s'était fait virer du collège Emily-Carr la même année, Chris jouait de la basse et moi de la guitare, on était amoureux fous de Jimi Hendrix, fan des sixties…

Je n'avais aucune envie de savoir qui était mon père, j'avais peur de ce que j'aurais pu découvrir ; l'identité de son géniteur, c'était sa hantise, à Chris. Tout ce qu'il savait, c'est que sa mère était passée par une banque de sperme, c'était mince comme indice. Pour moi, il n'avait aucune chance.

– Arrête, Chris, tu perds ton temps. De toute façon, ça t'avancerait à quoi, de connaître son nom ? Une branlette dans une éprouvette, c'est un peu léger, comme mythe fondateur, non ?

Mais Chris était une vraie tête de bois, comme moi.

– Même biologique, je m'en fous, je veux savoir d'où je viens.

Finalement, il l'a trouvé, son géniteur. Il s'est frotté l'intérieur de la joue avec un coton-tige, il l'a glissé dans un tube et l'a expédié à un service en ligne de généalogie par test d'ADN. En envoyant son code génétique à FamilytreeDNA.com, il a appris le nom de son père biologique. Le type avait vendu son sperme du temps où il était étudiant pour quelques dollars, quand Chris l'a appelé, il lui a raccroché au nez. Ça ne m'a pas étonné.

– Tu t'attendais à quoi, qu'il te saute au cou ?

Chris ne s'est pas démonté, il a pris un avocat, il a obtenu une pension pour financer ses études, et tout ça grâce à un coton-tige. Depuis, chaque fois que je me nettoie les oreilles, je pense à Chris et à son géniteur.

J'avais vu juste à propos de la somatostatine : une hormone de décroissance, tout simplement. Mais pourquoi arrêter de grandir ? J'avais beau retourner le problème dans tous les sens, je ne comprenais pas.

Unica seule pouvait me répondre.

Il fallait absolument que je la rencontre…

Le commando Unica ne s'était pas manifesté depuis la dernière fois. Ils se méfiaient, ou alors ils étaient passés à autre chose ?

Ils avaient pu franchir la frontière…

Je sentais qu'ils étaient toujours à Vancouver.

# Madame Wang

J'ai passé une annonce en ligne sur le *e-Sun*, le *Province*, le *Georgia Straight*… HERB ATTEND UNICA.

J'étais sûr qu'un jour elle viendrait. Au moins par curiosité. Une autre se serait méfiée, pas Unica. Je n'étais pas pressé, j'avais tout mon temps. Je pensais à ce que m'avait raconté Jennifer Steedman sur les patients de Matthew-Barry.

Des enfants fous ? Certainement pas, des enfants fous se seraient fait rattraper tout de suite, ils étaient en cavale depuis dix ans ; drôlement organisés, pour des cinglés.

J'ai cherché à en savoir plus sur Zabrisky et sa théorie de l'Enfant virtuel, je n'ai rien trouvé, juste un article vide sur Wikipédia, à croire qu'on avait tout effacé. Je tournais en rond, je commençais à trouver le temps long.

Je ne voulais pas finir comme Caldwell, qui ne vivait plus que pour une affaire dont il ne trouverait jamais la solution ; j'ai pris rendez-vous avec Madame Wang.

Depuis qu'elle a trouvé l'identité d'un assassin et

blanchi un innocent, tout le monde lui rend visite à Vancouver, même les flics de la Crime, même moi, c'est dire… elle reçoit ses clients dans un placard rouge et or couvert de grigris : bouddhas, crucifix, mains de Fatma… on n'est jamais trop prudent.

Je suis entré dans un vieil immeuble délabré, style *Rosemary's Baby*, l'ascenseur m'a fait peur, j'ai préféré monter à pied.

Son assistante m'a ouvert la porte, j'ai posé la photo d'Unica sur le bureau, Madame Wang l'a regardée en faisant craquer ses doigts, elle est restée silencieuse un long moment.

– Méfiez-vous de cette fille : elle ment. Pas comme les enfants, des mensonges qui font le malheur des gens.

Elle s'est levée, inutile d'essayer d'en tirer un mot de plus, l'assistante m'a conduit sur le palier et a fermé la porte derrière moi.

C'était l'heure du dim sum, je suis entré chez Pearl, ma cantine préférée, je me suis retrouvé coincé entre deux familles chinoises et un gang de dealers vietnamiens teenagers. À leur table un gosse de huit ans aboyait dans son portable, on n'entendait que lui dans le restaurant. À part moi tout le monde avait une clope au bec, il n'y a plus que les Chinois qui fument à Vancouver.

Les serveuses slalomaient entre les tables en poussant leurs chariots, j'attrapais les plats au vol, les soucoupes s'entassaient, je ne savais même pas ce que je mangeais.

J'étais venu ici avec Coleen et Bo Dao, un stagiaire de Hong Kong timide et super-pro, le genre de petit nouveau qui vous fait passer pour un has been en trois jours.

En mâchonnant mes raviolis de poulet vapeur, j'ai pensé à la petite phrase de Madame Wang : *des mensonges qui font le malheur des gens*. Elle tenait plus de l'oracle que de la voyance, je n'étais pas sûr d'en avoir eu pour mon argent.

## Le sauna

Cette nuit-là j'ai mal dormi, je n'arrivais pas à trouver le sommeil. À l'aube j'ai rêvé que Madame Wang me transformait en carte de tarot – le fou – et me rangeait dans son tiroir avec les autres, malgré mes cris.

En me réveillant je me sentais claqué, j'ai pris mon peignoir et je suis descendu au sauna. Depuis qu'on a trouvé un cas de grippe aviaire à North Van, personne n'y vient jamais, à part moi. J'étais allongé sur la banquette du haut, celle où il fait le plus chaud, je commençais à me détendre quand quelqu'un a poussé la porte.

J'ai tout de suite reconnu la voix.

– Tu voulais me voir ? Tu as quelque chose à me dire, Herb Charity ?

J'ai parlé tout doucement, sans bouger, sans même tourner mon visage vers elle, je me sentais comme un entomologiste qui aperçoit par hasard l'insecte rare qu'il poursuit depuis des années.

– Unica… l'autre nuit j'ai rêvé de toi. J'aimerais te montrer mon rêve, je l'ai gravé, il est chez moi, sur DVD. Ça te dirait d'y jeter un coup d'œil ?

114

– Comment ça, tu l'as gravé ?

– Sur mon dream catcher.

– Ton dream quoi ?

– Viens chez moi et tu verras.

J'ai enfilé mon peignoir, elle m'attendait devant l'ascenseur, une cigarette entre les doigts. Elle a appuyé sur le bouton, elle savait à quel étage j'habitais. Même de près elle avait l'air d'une gamine, on lui aurait donné dix ans, pas plus.

Menue, mignonne, un jogging noir à capuche, et toujours ce foutu bonnet qu'ils ont tous, sur la photo, comme s'ils étaient en chimio. Yeux bleu foncé, traits fins, l'innocence incarnée, j'ai tout de suite senti qu'il valait mieux ne pas s'y fier.

À peine assise dans mon living elle a allumé sa cigarette, elle a tiré dessus comme si sa vie en dépendait, c'était bizarre de voir cette gamine fumer comme un vieux Chinois. Elle m'a tendu son paquet, j'avais arrêté depuis cinq ans, grâce à Coleen, j'ai essayé de résister, mes doigts ont saisi la Craven malgré moi, c'était si bon de recommencer.

On est restés longtemps sans parler, à s'observer à travers un nuage de fumée. Au début je toussais, et puis ça s'est calmé. Ma collection de Converse étalée sur la moquette, ma Gibson, mes jeans sales jetés n'importe où… chez moi c'était le bazar depuis que j'avais quitté la Cyber.

Unica regardait avec un petit sourire en coin, l'air de ne pas y toucher.

– Tu sais, Herb, chez l'armateur, c'est moi qui t'ai

débranché. Sans moi, tu perdais la vue. Si ça n'avait tenu qu'aux autres, ils t'auraient laissé, ils pensent que tu veux nous piéger.

J'ai hoché la tête en écrasant mon mégot.

– Les autres ? Qui sont les autres ?

– Je n'ai pas le droit de te parler d'eux. N'insiste pas.

Elle a fouillé la pièce du regard.

– Et ton dream catcher, tu me le montres ?

– Tu veux l'essayer ? Pour ça, il faut dormir, tu as sommeil ?

Elle s'est mise à bâiller.

– J'ai passé la nuit sur *Second Life*, j'ai pas dormi, je n'aurai qu'à fermer les yeux.

J'ai attrapé le DC sur ma table de nuit, je me suis assis sur le lit à côté d'elle.

– Enlève ton bonnet.

Elle l'a ôté d'un coup, ses cheveux sont tombés sur ses épaules, ils étaient blancs comme de la coke, scintillants ; jamais de ma vie je n'avais vu une crinière pareille, même chez les punks de Japantown. J'ai posé le DC sur sa tête, j'osais à peine les toucher, tellement c'était troublant, ces cheveux si blancs sur cette tête d'enfant.

– Un effet secondaire de la somatostatine. Bien sûr on pourrait les teindre, se raser la tête, porter une perruque, on y a pensé, mais finalement on a décidé de les garder.

Je vérifiai que le DC était bien en place, elle a posé sa main sur mon bras.

– Reste avec moi, Herb, s'il te plaît.

Il y avait une demande dans sa voix… comme si sa vie en dépendait, et pas seulement cette nuit-là. Je me faisais sûrement des idées, elle devait être une actrice née… Herb le cyberflic avait disparu, il ne restait plus qu'un grand crétin tout nu devant une gamine. Pour rien au monde je n'aurais appelé la Cyber, ce que j'aurais dû faire, normalement, mais rien n'était normal dans cette histoire. Dès qu'elle était entrée chez moi, j'avais changé de camp. Déjà en revenant de Whistler, j'étais différent.

C'était peut-être l'herbe, le bon vieux joint de ma jeunesse rebelle ? J'en avais assez depuis longtemps, de jouer les chiens de garde de l'ordre moral, Unica avait juste servi de détonateur. Effet pervers de la puce empathique ? J'hébergeais une nanoterroriste sans en avoir référé à ma hiérarchie, je risquais de le payer très cher ; bizarrement, je m'en fichais.

– Ne t'inquiète pas, Unica, je ne bouge pas.

J'ai baissé la lumière, je me suis assis dans le fauteuil en face d'elle. Elle a ôté son jogging, elle s'est endormie en un instant. Je me suis levé, j'ai caressé une mèche blanche du bout des doigts, j'ai eu envie de m'allonger près d'elle, je savais bien qu'il ne fallait pas. Je suis retourné m'asseoir dans mon fauteuil, j'ai regardé son corps frêle, ses épaules graciles, son visage de gamine éclairé en bleu par le dream catcher, ses cheveux tout blancs… J'ai fermé les yeux et j'ai attendu le matin.

## La main dans le sac

Quand je les ai ouverts, il faisait jour.

J'ai vu Unica de dos installée devant mon écran, elle visionnait mon rêve du tsunami, j'avais dû l'oublier dans le lecteur après en avoir fait une copie pour Salinger.

Elle regardait la scène du bateau, celle où elle ôte sa robe, elle est passée à la séquence du baiser, je la connaissais par cœur celle-là, bientôt elle allait ouvrir mon jean…

– Ne fais pas semblant de dormir, Herb, ça ne prend pas. Alors comme ça tu as envie de moi ?

Et toujours ce petit ton moqueur. Elle n'était pas gênée, au contraire, ça l'amusait… sur mon lecteur on l'entendait gémir, le pire était à venir…

– Ce n'est qu'un rêve, Unica, ça ne veut rien dire.

Elle a éclaté de rire, je me suis levé, j'ai éteint le DC.

– Habille-toi, je t'emmène déjeuner à Jericho Beach, ici il n'y a rien à manger.

– Bonne idée, je crève de faim !

Elle s'est habillée devant moi comme si je n'étais pas là, aucune pudeur, cette gamine. Mais était-ce bien une gamine ? D'après mes calculs elle avait à peu près mon âge, même si elle en paraissait à peine la moitié.

Il faisait beau, on a marché tous les deux sur la plage jusqu'à Jericho. Des otaries nous ont escortés un bout de chemin, c'était drôle de voir leurs têtes noires et luisantes surgir entre les vagues. Unica faisait la course avec elles, elle se jetait dans l'eau en riant, j'ai fait comme elle.

## Pseudologia fantastica

On était trempés, Unica et moi, en arrivant à Jericho, je ne m'étais pas senti aussi bien depuis une éternité.

Le serveur est venu prendre nos commandes, un grand Jap avec une longue crinière, Unica a mangé mes tacos en plus des siens, on s'est assis sur les rochers, sous le ponton, là où personne ne vient.

Elle a allumé une cigarette, j'ai fait comme elle, on est restés longtemps sans parler, en regardant l'océan, le vieux cargo, les montagnes bleues de l'autre côté de la baie, je ne voulais pas la brusquer.

– Pourquoi as-tu arrêté de grandir, Unica ?

Elle s'est tournée vers moi d'un coup, le regard grave.

– *Pseudologia fantastica*, ça te dit quelque chose ?

J'ai fait non de la tête, elle a allumé une cigarette.

– C'est le nom de notre maladie.

Longue bouffée concentrée.

– Une psychose résistant à tous les traitements, on sait la déceler très tôt, mais pas la soigner.

Elle a tiré sur sa clope les yeux dans le vague, les otaries jouaient au bout de la jetée.

– Tant qu'on est gosse, ça va encore, mais dès qu'on devient ado, c'est comme si on avait une bombe nucléaire dans la tête. Pour les psys, on était foutus, à part attendre, il n'y avait pas d'issue. Seulement nous, on en a trouvé une : arrêter de grandir. La suite, tu la connais, tu es allé voir Jennifer Steedman, n'est-ce pas ?

J'ai sursauté.

– Comment tu sais ça, toi ?

– Je lis tes mails, qu'est-ce que tu crois…

– Tu lis mes mails ?

– Tu devrais changer de mot de passe plus souvent.

Elle avait repris son ton de gamine, moqueur.

J'avais eu des soupçons, j'avais mis ça sur le compte de ma paranoïa.

– Et les autres alors, ceux de la bande…

– On était cinq, à Matthew-Barry, à souffrir de la même maladie. Déjà, avant de le savoir, on s'entendait bien, la *Pseudologia* nous a soudés à vie.

Elle s'est agenouillée, elle a écrit sur le sable mouillé avec un bout de bois. Je voyais sa petite silhouette appliquée, les lettres se détachaient en sombre sur le sable clair.

– En écrivant nos noms sur une feuille, on a fait une drôle de découverte… tiens, regarde :

Unica + Nelson + Ian + Carla + Ana = UNICA.

– Tu vois ? Pour nous, ça a été le signal… La puce empathique, c'est UNICA, pas Unica, tu comprends ?

Notre décision de ne jamais grandir, la somatostatine, la chasse aux cyberpédos, tout ça, c'est UNICA, nous cinq ensemble, pas moi…

Il y avait un tel accent dans sa voix, n'importe qui s'y serait laissé prendre. J'ai hoché la tête en lançant mon mégot dans l'eau.

– Et pour l'argent, vous faites comment ?

Elle a haussé les épaules.

– Trafic d'armes virtuelles. On s'est évadés au moment de la création de *World of Warcraft*, Nelson et Ana nous ont initiés. Tu n'as pas idée de ce que des joueurs *adultes* sont prêts à payer pour un sabre laser ou un missile dernier cri.

Trafic d'armes virtuelles… Logique, pour des cyberpunks.

D'une certaine façon, c'était moral, cohérent.

Je savais que des petits malins se faisaient pas mal d'argent en jouant pour des golden boys accros et overspeedés.

J'ai un ami à Ottawa qui gagne très bien sa vie grâce à cette combine, il revend tout ce qu'il gagne à un trader londonien, il a essayé de me convaincre de quitter la Cyber pour qu'on s'associe, je ne lui ai même pas répondu.

À ce moment-là le portable d'Unica s'est mis à sonner, en écoutant son message elle a eu l'air soucieuse.

– Désolée, on a un problème, il faut que j'y aille, je t'appelle, à bientôt.

Elle a filé en me laissant son paquet de Craven A.

Il me restait un peu d'herbe au fond de ma poche, je me suis roulé un joint en regardant le vieux cargo soviétique osciller sans fin sur son ancre. Les otaries grimpaient sur les rochers, les mères poussaient leurs petits avec le nez, je les ai regardés jouer, et je suis rentré.

Et en plus elle lit mes mails… il ne manquait plus que ça.

Tu as installé une webcam au-dessus de mon lit, Unica ?

# Vie sexuelle des cyberkids

Trois jours après la nuit de Jericho Beach, Unica m'a envoyé un mail : elle me donnait rendez-vous à la Vancouver Art Gallery à 15 heures. Pas moyen de discuter, Unica tout craché.

Je l'ai attendue au bar devant un bloody mary, elle est arrivée en retard, essoufflée, une mèche blanche avait glissé de son bonnet, je l'ai remise en place, j'étais heureux de la revoir.

Elle avait l'air préoccupée.

– Qu'est-ce qui t'arrive, Unica ?

– Nelson et Ana m'ont trahie.

– Trahie ?

– Ils baisent en ligne sur *Second Life*.

– Comment ça ?

– Ils détournent les mouvements des joueurs pour baiser. Je viens seulement de m'en apercevoir, mais ça fait un bout de temps que ça dure.

Elle était tendue comme une corde de guitare.

Je trouvais l'idée plutôt drôle, j'avais du mal à ne pas sourire.

– Ce n'est qu'un jeu, ne te mets pas dans des états pareils…

Dans ma tête je voyais les personnages articulés, parés à sauter, courir, ramper, se battre… et ces deux-là en avaient fait un usage détourné, classé X, je n'ai pas pu m'empêcher de rire.

– Ne ris pas, Herb, c'est grave : toute relation sexuelle nous est interdite, on est censés être des enfants, tu comprends ?

– Allons, calme-toi Unica, c'est virtuel, ils ne font rien de mal…

– Virtuel ou pas, c'est pareil ! Ce n'est pas à toi que je vais l'apprendre, non ? Qu'est-ce qu'ils font, les cyber-pédos ? des crimes réels ?

Je ne savais pas quoi répondre.

– Le pire, c'est qu'ils se servent d'une image d'eux vieillie par Growing Up, ils ont la tête et le corps qu'ils auraient sans la somato…

– C'est normal, ils essaient, ils sont curieux…

– Tu ne comprends pas, ça n'a rien d'innocent, leur message est clair : on a envie de grandir, on ne veut plus rester des enfants !

Elle a pris mon verre, elle a sifflé ce qui restait de mon bloody mary.

– Ils me défient, tu comprends, Herb ?

Son portable a sonné, elle a écouté son message l'air tendu, elle est partie aussitôt, sans même me dire au revoir.

J'ai regardé les tirages de Jeff Hall accrochés derrière le bar, la serveuse m'a souri.

– Elle vous donne du fil à retordre, la petite. Ils ne sont pas faciles de nos jours.

Je suis allé faire un tour dans la galerie, un jeune artiste indien exposait des masques haïdas faits avec des Nike lacérées, les masques pleuraient des lacets par les œillets, j'avais le cœur serré en les regardant.

## BabyAss

En rentrant j'ai lu le *e-Sun*, il y avait un article sur la Cyber : un cyberpédo pris en flagrant délit attaquait la municipalité. Le site sur lequel il s'était connecté, *BabyAss*, était 100 % virtuel, les gosses avaient l'air réels mais ils étaient faits de pixels. Il y avait une inter-view de Coleen, très sûre d'elle en apparence, mais à son ton je sentais qu'elle vacillait. Le plaignant risquait d'emporter le morceau, je me demandais comment Cindy Cooper, l'avocate de la Cyber, allait se sortir de cette affaire – elle risquait de faire jurisprudence. Moi-même, je m'interrogeais.

Que les enfants soient réels ou pas, qu'est-ce que ça change, finalement ? Pour eux bien sûr ça change tout, mais pour le client ? Et pour nous, à la Cyber...

C'était un foutu casse-tête, je n'aurais pas aimé être à la place de Cindy le jour de la plaidoirie, et encore moins à celle de Coleen.

## Mama Doesn't Know

Pendant huit jours je n'ai pas eu de nouvelles d'Unica.

Pour me changer les idées je suis allé chez Mama Doesn't Know, sur Broadway, j'y ai retrouvé Chris, avec une petite Jap survoltée qui vendait des *sex toys* en ligne. Elle a essayé de me fourguer sa combinaison cybersex avec suceuse incorporée, le tout pour 99,99 dollars, ça ne m'intéressait pas. Chris avait l'air tenté, plus par la fille que par ses gadgets, elle est montée chez lui avec sa mallette, pour une petite démo, *ça n'engage à rien*.

J'ai écouté un clone de Kurt Cobain hurler sa rage jusqu'au matin, il s'en tirait plutôt bien.

Après mon cinquième bloody mary j'avais des regrets d'avoir laissé tomber le duo qu'on avait lancé avec Chris huit ans plus tôt, les Living Death. Il n'était peut-être pas trop tard pour s'y remettre, avec Unica comme chanteuse?

L'enfant à la voix de vieille fumeuse...

À nous trois on pouvait faire un malheur.

## Voice in the Wind

J'ai acheté des cordes neuves pour ma Gibson, j'ai essayé de jouer *Voice in the Wind* de Jimi, le résultat était plutôt décourageant, après toutes ces années sans y toucher j'avais perdu mon doigté.

Si Alys n'avait pas disparu, je serais sûrement devenu guitariste et pas cyberflic, j'avais le sentiment d'avoir foutu ma vie en l'air pour courir après une chimère.

Une nuit, sur le coup de 3 heures, mon portable a sonné. Je venais de m'endormir, d'habitude la nuit je ne réponds jamais, je n'aime pas me faire surprendre, j'ai vu Unica en larmes sur mon écran, elle avait une drôle de voix.

– Herb, s'il te plaît, je peux venir chez toi ? Ils m'ont foutue dehors, je ne sais pas où aller.

– Bien sûr, Unica. Tu es où, tu veux que je vienne te chercher ?

– Non, ça va, je suis à North Van, je prends un taxi, j'arrive.

Dix minutes plus tard Unica était chez moi, dans

un sale état, les yeux rouges, les cheveux défaits, les joues griffées, son jogging sale et déchiré.

Je n'ai pas posé de question, je lui ai fait couler un bain.

– Détends-toi, on parlera après.

Elle est entrée dans l'eau, j'ai voulu pousser la porte, pour ne pas la gêner.

– Laisse, je ne supporte pas d'être enfermée.

Au bout de dix minutes, elle m'a appelé.

– Entre, Herb, j'ai besoin de te parler.

Je me suis assis sur les toilettes, en évitant de la regarder.

– Ils m'ont foutue dehors, Herb, tu te rends compte ? Tous ! Pas un seul pour prendre ma défense – après tout ce que j'ai fait pour eux… Quelle bande d'ingrats !

Elle s'est mise à pleurer. C'était poignant de la voir, si petite dans la baignoire, ses épaules secouées par de gros sanglots de bébé. J'ai dû me retenir pour ne pas la prendre dans mes bras.

– Qu'est-ce qui s'est passé ?

Elle s'est mordu les lèvres.

– La *Pseudologia fantastica*… je leur ai menti, je suis la seule à l'avoir.

– Comment ça, tu leur as menti ?

– Ils sont tombés sur leurs dossiers, ceux que j'avais piratés à Matthew-Barry.

– Piratés quoi ?

Soupir.

– Ils ont désossé le disque dur de mon vieux iBook.

C'est ma faute, j'aurais dû le jeter, je ne sais pas ce qui leur a pris de fouiller là-dedans, ils devaient se douter de quelque chose, Carla a dû les monter contre moi, elle a toujours été jalouse.

Elle a allumé une cigarette dans le bain couvert de mousse, je voyais juste son téton droit, un téton de gamine, rose et plat, nacré comme l'intérieur d'une coque. J'ai détourné les yeux.

– De toute façon, depuis qu'ils baisent en ligne ça ne tournait plus rond entre nous. Ian et Carla s'y sont mis aussi. Dès qu'ils ont lu leurs dossiers, ils sont devenus fous, les filles surtout. Si je ne m'étais pas enfuie, elles m'auraient lynchée.

– Qu'est-ce qu'ils faisaient à Matthew-Barry, alors ? Ils ne sont pas malades ?

Elle est sortie de la baignoire, je lui ai tendu mon peignoir, elle s'est brossée devant le miroir.

– Névroses, tocs, traumas… rien à voir avec la *Pseudologia*. Moi j'étais foutue si je grandissais ; eux non, c'est vrai.

Ses lèvres étaient bleues, je l'ai frottée pour la réchauffer.

– Pourquoi leur avoir menti, Unica ? Tu te rends compte de ce que tu as fait ?

– Je ne voulais pas rester seule avec ma maladie, tu comprends ? Je me serais flinguée au bout de trois jours, à me piquer dans une chambre de motel pourrie, comme une junkie. À nous cinq on a fait des choses formidables, ç'a été une aventure incroyable… Quelles ingrates ! Sans moi elles seraient serveuses dans un drive-in, ou strip-teaseuses dans un peep-show… Tu les aurais vues cette nuit, des harpies. Les garçons encore, j'aurais pu leur expliquer, mais les filles… Elles m'ont enfermée dans les toilettes, heureusement que j'ai pu casser une fenêtre.

– Calme-toi. Ici tu es à l'abri, ils ne pourront pas te trouver. Dors un peu, on parlera demain matin.

Je lui ai laissé mon lit, et je suis sorti sur le balcon.

Elle s'était mise dans de sales draps, Unica.

Qu'est-ce qui lui avait pris de faire une chose pareille…

À leur place, moi aussi je serais devenu enragé. Ce n'était plus un mensonge, ni même de la manipulation, c'était de la folie…

J'ai déplié mon futon sur le balcon, j'avais besoin d'air, on voyait les étoiles, l'air sentait la mer.


Le lendemain matin j'ai sorti une table et deux chaises de la cuisine, j'ai préparé un bon petit déjeuner, Unica était réveillée.

On a mangé en regardant le soleil se lever, ses cheveux blancs scintillaient, elle souriait, mon peignoir lui tombait jusqu'aux pieds. À la lumière du jour, l'histoire dingue d'hier soir semblait loin, aussi improbable qu'un cauchemar.

En beurrant sa troisième tartine, j'ai fini par lui demander :

– Ils savent qu'on se connaît, toi et moi ?

Elle a hoché la tête en avalant un muffin, c'était un plaisir de la voir manger.

– Tu ne peux pas sortir en peignoir, il faut que j'aille t'acheter des vêtements. Tu fais du combien ?

– Du dix ans. Prends-moi un jogging noir s'il te plaît, à capuche, Adidas, et aussi des Nike, je fais du 4,5. Au retour tu voudras bien passer par la librairie ? Je t'ai préparé une liste de bouquins. Si tu as le temps tu pourras ramener des œufs de saumon et de la Zubrowka, et aussi des blinis ? Je ne mange que ça. Merci, Herb, t'es un amour. Attends !

Elle m'a tendu une liasse de billets.

– Tu n'es pas partie les mains vides, à ce que je vois.

– Je venais de vendre un château médiéval sur *Second Life* à une banquière de Shanghai. N'hésite pas, prends ce qu'il y a de mieux.


Trois heures plus tard je suis rentré avec des sacs pleins : deux joggings noirs, des Nike silver, des œufs de saumon achetés à Granville Market, une cartouche de Craven A, j'avais même trouvé les blinis et la Zubrowka.

– Et pour la somatostatine, on fait comment ? Tu veux que j'appelle un toubib ? J'en connais un, c'est un ami, il est discret.

Je pensais à Chris, évidemment.

– Pas besoin, je ne sors jamais sans.

Elle a sorti un flacon bleu et une seringue jetable.

– Excuse-moi, Herb, c'est l'heure.

Rien qu'à l'idée de l'aiguille glissant sous sa peau, je me sentais mal, je suis allé fumer sur le balcon.

Deux minutes plus tard elle rangeait son matériel dans l'armoire à pharmacie avec sa Lancôme, elle s'est tartinée devant moi en faisant la grimace :

– Comme ça je garde ma peau de bébé, c'est vital, sinon dans cinq ans j'aurais l'air d'une vieille petite fille toute fanée.

– Et quand il n'y aura plus de somatostatine, tu feras comment, tu grandiras ?

Elle m'a regardé en souriant à moitié.

– Tu aimerais bien, ça t'arrangerait… Navrée de te décevoir, Herb, la somato s'achète en ligne sur drug. net, c'est pas plus compliqué à commander que du Viagra.

– Et les autres, qu'est-ce qu'ils vont faire à ton avis ?

Elle a haussé les épaules.

– Je n'en sais rien, je m'en tape.

– Tu n'as pas eu de nouvelles ?

– Si, des messages d'insultes, des menaces par SMS. J'ai changé de numéro, maintenant j'ai la paix.


Notre petite vie à deux s'est gentiment organisée.

Le cyberflic en rupture de ban et la nanoterroriste en cavale, drôle de duo. Bizarrement, ça fonctionnait.

Depuis qu'elle s'était installée chez moi, j'avais suspendu mes séances chez Salinger, je n'en ressentais plus le besoin, j'arrivais même à me passer de somnifère, c'était un exploit.

Unica dormait dans ma chambre, moi, dans le living, je m'étais acheté un canapé-lit pour trente dollars à

Super Value, on regardait des vieux films d'horreur toute la journée, je lui racontais les blagues idiotes que Chris m'envoyait par mail, elle était morte de rire ; une gamine de dix ans aussi fan d'humour noir que moi c'était inespéré, on se sentait bien, aucun nuage en vue.

# Nuages

Aucun nuage en vue, jusqu'à cette nuit-là.

La veille on avait sifflé une bouteille de Zubrowka, Unica m'avait lu *Sarah* de J.T. Leroy, son livre préféré, elle avait l'art de rendre le texte vivant, les putes et leurs macs défilaient, je n'avais plus l'habitude de boire autant, la tête me tournait, malgré son poids plume Unica tenait l'alcool mieux que moi, question de gènes d'après elle *—ma mère était alcoolo et mon père toxico, moi je suis blindée…* C'est la première fois qu'elle parlait de sa famille, j'ai compris qu'il valait mieux éviter le sujet. Aujourd'hui je me demande si elle n'avait pas piqué sa genèse à J. T. Leroy, allez savoir.

Elle a posé sa tête sur mon épaule, ça tournait un peu autour de moi, *c'est rien Herb, laisse-toi aller…*

Quand je me suis réveillé, Unica était dans mes bras, toute nue, et moi aussi, j'ai essayé de me dégager, elle a promené sa joue le long de mon ventre en me regardant par en dessous, j'ai fermé les yeux, quand elle a ouvert la bouche j'ai perdu le contrôle, mon corps n'en faisait qu'à sa tête, je n'ai même pas essayé de résister, ça n'aurait servi à rien, elle savait très bien ce qu'elle voulait, pas moi.

Après, on a fumé une cigarette, elle a posé sa tête sur mon épaule, je me sentais bien et mal en même temps, Unica souriait en faisant des ronds de fumée.

– Ne t'inquiète pas, Herb, on a le même âge, toi et moi, c'est pas grave tout ça. C'était bon, non ? Je n'avais jamais essayé, même avec Nelson, on s'est déjà embrassés lui et moi, mais ça…

– C'était un moment de folie, Unica. Il ne faut jamais recommencer, je risque cinq ans de taule pour ça, moi. C'est impossible, tu comprends ? Regarde-toi, tu as l'air d'une gamine, quand on nous voit ensemble dans la rue, on pense que tu es ma fille, tu imagines ?

– Ce que tu peux être coincé, toi alors…

Elle s'est enfermée dans la salle de bains, j'avais la gueule de bois, je me suis servi une tequila en guise de petit déjeuner.

Quand elle est sortie, on a parlé de tout sauf de ça, on a fait comme s'il ne s'était rien passé.

D'ailleurs il ne s'est *rien* passé cette nuit-là, n'est-ce pas Unica ?

Le soir même j'ai posé un verrou sur la porte du bureau, la première nuit je l'ai entendue gratter, j'ai fait celui qui n'entend pas, j'ai mis la musique à fond, elle n'a plus recommencé.

C'est à ce moment-là qu'on a connu notre période DC, Unica et moi, une idée d'elle, pas moins intense finalement. Au moins c'était en accord avec ma conscience, enfin le peu qu'il m'en restait.

## Onirisex

On passait nos nuits sur le balcon devant la webcam sur Mars, j'étais happé par le néant, Unica s'ennuyait.

– On ne peut rien faire en vrai, je comprends, Herb, tu as peur d'avoir des ennuis. Mais en rêve, ce n'est pas un crime…

Voilà comment tout a commencé.

On se passait le DC à tour de rôle, Unica a vite appris à diriger ses créations oniriques, comme elle disait, elle me donnait rendez-vous dans nos rêves comme au café. Parfois j'arrivais en retard, ou pas du tout, elle jamais, elle était douée, Unica.

Le matin on visionnait nos trouvailles de la nuit, on échangeait des idées pour la nuit d'après.

Le 69, ça vient d'elle, moi, même en rêve, je n'aurais jamais osé.

Unica est vite devenue accro. Avec un seul DC, c'était compliqué, on ne pouvait jouer qu'en différé, il fallait raccorder nos rêves au montage. Elle voulait du direct.

– Si on veut faire les choses bien, il nous en faut deux, Herb.

L'onirisex, c'est devenu comme le reste : au début elle était contente, ravie même, et bientôt elle a voulu plus, et moi j'étais pris à la gorge.

Je savais que Salinger en gardait un *à des fins expérimentales*, j'avais eu le malheur d'en parler à Unica, je n'ai plus jamais connu la paix.

– Tu n'as qu'à lui raconter n'importe quoi, qu'on te l'a volé, que tu l'as fait tomber dans ton bain… je ne sais pas, moi, invente !

– Elle va s'en apercevoir, je ne sais pas mentir, Unica, je ne suis pas comme toi…

– Fais un effort ! Tu peux bien faire ça pour moi, non ?

Je me prenais la tête entre les mains, je savais comment ça allait se terminer.

Un matin j'ai pris mon courage à deux mains, j'ai appelé Salinger, j'avais de la chance, un de ses patients venait de se désister.

– Demain à 5 heures, Herb, ça vous va ? Ça fait longtemps qu'on ne s'est vus, vous devez en avoir des choses à me raconter.

Son ton ne me disait rien de bon, Coleen avait dû lui parler, j'ai failli tout annuler, mais Unica avait l'air tellement heureuse à l'idée d'avoir son DC, je n'ai pas pu résister.

Elle m'a fait au revoir par la fenêtre, elle était si

mignonne dans mon peignoir trop grand pour elle, je lui ai envoyé un baiser et je suis monté sur mon vélo.

Salinger était trop fine pour gober n'importe quoi.

Ça faisait des semaines que je n'étais pas venu, et comme par hasard j'avais besoin d'un nouveau DC ?

– Curieuse idée, Herb, de se baigner avec votre appareil. Je suis désolée, il ne m'en reste qu'un, j'en ai besoin… Racontez-moi plutôt ce qui vous est arrivé depuis la dernière fois. J'ai reçu un appel de Coleen Waters l'autre jour, elle s'inquiète à votre sujet, vous ne répondez même pas à ses appels.

À ce moment-là on a sonné, elle est sortie, son DC était dans l'armoire vitrée. Je n'ai même pas réfléchi, je me suis levé, j'ai dévalé l'escalier, j'ai sauté sur mon vélo, le DC entre ma chemise et ma peau, je l'ai entendue crier par la fenêtre :

– Vous perdez la tête, Herb ! Ramenez-le-moi !

J'ai pédalé comme un fou, en arrivant à la maison j'ai trouvé trois messages de Salinger sur mon portable, je l'ai éteint, j'ai posé le DC devant Unica, elle a eu un de ces sourires en le voyant… je ne pouvais rien regretter.

Le soir même on s'est endormis avec nos DC connectés, Unica a serré ma main jusqu'au matin.

Salinger m'envoyait mail sur mail : *Herb, c'est votre dernière chance, rendez-moi mon DC sinon je porte plainte auprès de la Cyber.*

Je l'ai classée en *indésirable*.

Dès qu'on avait cinq minutes, Unica et moi on enfilait chacun son DC, on le mettait à Stanley Park, dans le bus, à la Vancouver Art Gallery, n'importe où.

Un soir j'ai eu un appel de Coleen, *qu'est-ce qui t'arrive, Herb, j'ai eu un message de Salinger, tu lui as volé son DC ?*

Je n'ai rien dit, j'ai raccroché.

Je suis allé voir un psy ami de Chris pour faire prolonger mon congé, il m'a donné trois mois de plus, je n'ai même pas eu besoin de jouer la comédie.

– Faites du sport, menez une vie saine, aérez-vous, bannissez les écrans de votre vie pour le moment.

On passait nos journées au lit, Unica et moi. J'aurais voulu que jamais ça ne s'arrête, mais je savais très bien que nos nuits étaient comptées.

# La vraie vie

À force de rester enfermée, Unica était pâlotte, j'ai décidé de suivre les conseils du toubib : on allait sortir, prendre l'air, comme les gens normaux, s'il en reste.

Au début elle faisait un peu la tête, mais une fois qu'on y était, elle était enchantée.

Même si elles étaient moins spectaculaires que le DC, nos virées étaient bien réelles, on ramenait du vrai sable et des petits cailloux dans nos poches, Unica avait des ampoules, j'adorais les lui percer en passant une aiguille et du fil dedans.

On partait en balade pour la journée, pour moi le bonheur c'était ça : nager, manger des beignets de flétan, rater le ferry, ces petits riens qui vous ramènent en enfance.

Je la prenais tout le temps en photo, elle se moquait de moi.

– Arrête un peu, Herb, tu vas t'user les doigts. Viens plutôt te baigner !

Plus tard, quand je me suis retrouvé en taule, je les regardais tout le temps, ces photos, si j'ai tenu c'est grâce à elles. Encore aujourd'hui, après toutes ces années, j'en ai les larmes aux yeux.

Tiens, celle-là, la cascade, notre première virée, c'est tout près mais il n'y a jamais personne. On a grimpé le long du sentier, Unica filait comme une petite chèvre, en un rien de temps on est arrivés tout en haut, on était trempés, l'eau faisait un tel raffut, on ne s'entendait même pas crier. On a trouvé un rocher avec de la mousse, on s'est blottis l'un contre l'autre, on est restés longtemps enlacés. À un moment j'ai eu envie qu'on se jette tout en bas, le grand plongeon, pour que ça dure toujours…

Unica m'a regardé comme si elle lisait dans mes pensées, elle m'a pris la main, elle l'a serrée bien fort, on est redescendus jusqu'à la voiture sans dire un mot.

Ce jour-là j'ai compris : de nous deux, le fêlé c'était moi.

Parfois elle avait de sacrés coups de blues, Unica.

– Toi, Herb, ta vie, tu l'as choisie, moi c'est la *Pseudologia* qui a choisi pour moi.

Qu'est-ce que j'aurais pu répondre à ça…

Quand je sentais ses idées noires l'envahir je la serrais bien fort, elle fermait les yeux ; elle pouvait sucer son pouce avec frénésie en lisant le *Traité du désespoir* de Kierkegaard, mais dans mes bras elle oubliait tout, elle s'accrochait à moi comme si j'étais sa maman.

Une dernière photo, pour finir : Unica sous la pancarte jaune de Twaaswasen.

On attendait le ferry pour Victoria, on avait prévu de passer la journée à Long Beach. Depuis qu'Alys avait disparu, je n'avais jamais pu retourner à Twaaswasen, c'était la première fois.

– Tu es peut-être guéri ? m'a dit Unica quand j'ai pris la photo.

Elle savait, pour Alys, bien sûr.

Les passagers dormaient, on était les seuls réveillés, le soleil venait de se lever, on voyait les îles surgir de la brume dorée, l'étrave fendait les vagues.

– Elle est drôlement mignonne, votre fille, m'a dit le barreur en la reluquant.

Je n'ai pas aimé ça.

Unica avait un dos-nu mandarine, du rose à lèvres, elle avait l'air d'une petite femme, sous le regard du marin j'ai lâché sa main.

# Tsunami

Bien sûr ça ne pouvait pas durer, on était en plein délire, Unica et moi. Les derniers temps je dormais mal, mes rêves tournaient bizarrement, je n'arrivais plus à les diriger.

– C'est rien, Herb, tu es peut-être malade ? Ça va te passer.

Je suis sorti pour me changer les idées, une fois en bas j'ai eu le choc de ma vie. Dans le distributeur de journaux j'ai vu une photo d'Unica et moi au lit, entièrement nus, j'ai failli tomber de mon vélo. J'ai glissé 50 *cents* dans le distributeur :

UN FLIC DE LA CYBER

PRIS EN FLAGRANT DÉLIT DE PÉDOPHILIE

Le titre s'étalait sur cinq colonnes, même un aveugle l'aurait lu.

J'ai roulé jusqu'à English Bay, dans toutes les rues il y avait des photos d'Unica et moi, c'était l'été, les journaux n'avaient rien à se mettre sous la dent, un scandale pareil c'était inespéré, j'ai appelé Coleen – *je te jure ne les écoute pas c'est une image volée sur mon DC* –, elle a raccroché.

Je suis remonté à la maison avec le journal, Unica a regardé l'image avec attention.

– Tu aurais dû changer ton mot de passe, je t'avais prévenu…

Elle est restée dix bonnes minutes devant mon écran, à visionner nos rêves, jusqu'à ce qu'elle trouve.

– J'en étais sûre, c'est cette garce d'Ana, je savais qu'elle chercherait à se venger. Je ne sais pas comment elle a su que j'étais chez toi, ils ont dû mettre un mouchard quelque part.

Elle a enfilé son blouson.

– Je sors, Herb, à tout à l'heure.

– Tu vas où ? Attends-moi !

– J'ai besoin de marcher, ne t'inquiète pas.

J'ai regardé sa petite silhouette par la fenêtre, j'avais la gorge serrée, j'ai voulu l'appeler, la retenir, ma gorge était nouée, je l'ai vue disparaître entre les arbres.

J'aurais dû la suivre, partir avec elle…

Je ne sais pas ce qui m'a retenu.

En bas un chat roux se léchait les pattes, une petite fille est sortie le caresser, c'était la fille des voisins du premier, elle devait avoir dix ans, j'ai réalisé que pour les gens la photo du journal c'était comme si on me surprenait au lit avec cette gamine-là, j'ai eu un frisson, j'imaginais la réaction des parents de la petite, et de tous ceux qui ont des enfants, sans parler de la Cyber, ou de la justice, évidemment.

Qui allait gober l'histoire du dream catcher, de l'onirisex, sans parler de la somatostatine et d'UNICA ?

J'étais vraiment dans de sales draps.

Je suis resté seul dans ma chambre devant le journal étalé sur le lit, la tête entre les mains… Je connaissais le tarif : en tant que membre de la cyberpolice, je risquais d'en prendre pour dix ans, voire plus.

J'ai tout de suite pensé à la Dawson.

Elle la tenait enfin, sa vengeance, Mme le procureur.

Cette fois elle n'allait pas me louper.

Le jour même j'ai reçu un mandat d'arrêt, comparution immédiate, deux agents des mœurs sont venus me chercher, je n'ai même pas eu le temps de prendre mes affaires, ni de laisser un mot à Unica. Je ne m'inquiétais pas trop pour elle, dans l'affaire elle était la victime, c'est contre moi que les chiens étaient lâchés.


En prison j'ai fini par appeler Harper, il est venu tout de suite, c'est la seule visite que j'ai eue, aucune nouvelle de Coleen, d'après lui elle s'était sentie trahie, même Rebecca m'a raccroché au nez, Chris était au Japon avec sa fiancée.

– Je sais ce que tu ressens, Herb, m'a dit Harper en me regardant avec pitié. J'ai fait cinq ans à Victoria, c'est ce qui t'attend, sauf si tu peux te payer Spencer.

Voilà donc ce que Coleen nous cachait…

Je comprenais mieux sa panique à l'hosto devant les yeux sanglants de Johnson. La taule l'avait rendu humain, lui seul me tendait la main.

Spencer était le meilleur avocat de Vancouver, celui des Hells Angels et de la mafia chinoise, je le connaissais de réputation, il était malingre, mal foutu, l'air minable, mais dans un prétoire il mettait tout le monde dans sa poche, le procureur, les jurés, même les avocats de la partie adverse, ça tenait de la magie.

Je connaissais aussi ses tarifs, j'en avais une vague idée, à moins de vendre mon appart je n'avais aucune chance de me le payer.

– Il faudra que tu en passes par là, m'a dit Harper. Vends tout ce que tu as, tu n'as pas le choix.

J'ai vendu mon appart en ligne un bon prix à un riche Chinois de Hong Kong qui voulait l'offrir à sa concubine, mais ça ne suffisait pas, j'étais désespéré quand Spencer m'a appelé.

Il venait de recevoir un virement anonyme de Chicago, il pouvait commencer à préparer ma défense, il a même réussi à me faire libérer sous caution.

Je suis rentré chez moi, Unica avait pris toutes ses affaires et aussi son dream catcher, j'ai trouvé un mot sur le miroir de la salle de bains : *See you…*

Spencer préparait ma défense en jubilant, il se faisait une joie d'affronter la Dawson, il m'a demandé mon dream catcher pour le faire expertiser par un labo de Toronto – *avec ça on les tient* –, il se frottait les mains, il était sûr de gagner, il calculait déjà nos dommages et intérêts en millions de dollars.

– Vous avez des projets pour après ?

– J'hésite entre me pendre et me noyer.

Il m'a regardé avec pitié.

– Allez donc vous mettre au vert, ici vous me gênez, je viendrai vous chercher la veille du procès.

Dans ma chambre d'hôtel j'avais accroché un peu partout des photos d'Unica.

– Oubliez donc cette gamine, m'a dit Spencer.

– Ce n'est pas une gamine, c'est ma fiancée.

Il m'a regardé comme si j'étais cinglé.

– Faut vous soigner, mon vieux, vous perdez la boule…

À peine rentré du Japon, Chris m'a prêté les clés de son chalet perdu au milieu des bois. J'avais besoin de mettre un monde entre Vancouver et moi.


Un jour j'ai trouvé un message bizarre sur mon portable, avec une pièce jointe : Unica et moi on se roulait dans la neige en riant, on faisait l'ange dans la poudreuse, on était redevenus des enfants tous les deux. J'ai dû me repasser son rêve une centaine de fois.

Aucune réponse possible, il n'y avait pas d'adresse.

J'ai pris mes affaires et je suis rentré à Vancouver par le premier train.

La date du procès approchait, Spencer ne voulait plus me voir, je le rendais nerveux.

Au jour J tout le monde était là : Coleen, Harper, Salman, Bo Dao, Cindy Cooper… la Cyber au grand complet, même Salinger. Chris aussi était venu, avec sa petite vendeuse de *sex toys* enceinte jusqu'aux yeux, mais pas Rebecca.

Au premier rang, Miranda Dawson et son frère, triomphants, évidemment, c'était le grand jour pour eux.

Je les voyais tous à travers un brouillard, je n'ai pu saluer personne, j'étais là sans y être, je me levais, je m'asseyais, comme un pantin.

Spencer a été brillant, comme d'habitude, il a réussi à prouver au jury que les images étaient tirées d'un rêve enregistré – *on a tout de même encore le droit de rêver !*

On m'a acquitté, je ne me souviens de rien, je suis sorti de la salle d'audience sans même le remercier.


Pendant que j'étais en taule, Ana, Nelson, Ian et Carla s'étaient fait pincer dans un motel sur la réserve Mission Five avec des armes et de l'argent, bien trop d'argent pour des enfants.

À peine sorti j'ai essayé d'entrer en contact avec eux, je n'ai pas pu les approcher, on les gardait au secret dans un centre de détention pour délinquants juvéniles, quartier de haute sécurité.

Coleen avait fini par obtenir du procureur qu'ils soient jugés en tant que mineurs de moins de quinze ans pour leurs agissements au sein du commando UNICA – pour l'état civil ils avaient tous entre vingt-cinq et trente ans.

C'était compter sans Miranda Dawson : à force de batailler, elle a négocié avec la Cour suprême du Canada un renversement de l'arrêté précédent : ces soi-disant enfants – de redoutables criminels, des terroristes, selon elle – seraient donc jugés en tant qu'adultes, en fonction de leur âge légal, et non pas de leur âge osseux : ils risquaient la perpétuité.

Tu as bien fait de te sauver, Unica.

J'espérais qu'elle avait passé la frontière, et qu'elle était saine et sauve quelque part.

Dans ma tête j'entendais tout le temps sa voix.

Unica était recherchée par toutes les polices du Canada, en tant que leader d'un groupe terroriste, elle risquait la prison à vie…

Mon matériel avait été mis sur écoute sur ordre de la Dawson, si Unica s'était manifestée ils l'auraient attrapée et foutue en prison. Pas question que tu passes un seul jour enfermée, ma belle, en taule pas de stomato, tu grandirais et ce serait ta mort.

Spencer m'a rendu le dream catcher, il s'excitait sur les dommages et intérêts, j'avais la tête ailleurs, je ne pensais qu'à Unica, j'aurais tellement voulu la savoir de l'autre côté de la frontière.

J'avais récupéré mon DC, je continuais à enregistrer mes rêves, eux seuls me faisaient un peu de bien, je les classais, il me semblait que quelqu'un les consultait mais c'était difficile à vérifier, en m'adressant à un pro j'aurais pu en savoir plus mais je ne voulais pas faire courir le moindre risque à Unica.

On ne se retrouvait plus jamais en rêve, depuis qu'elle avait disparu le contact était interrompu.

## Lysa

Après la disparition d'Unica je me suis mis à rêver d'Alys, souvent, comme avant, jamais de Dana.

J'ai cru entendre la voix de Salinger – *c'est curieux, vous ne parlez jamais de votre mère. Pourquoi, Herb ? Cherchez un peu de ce côté-là...*

La veille de sa mort j'ai rêvé de Dana, pour la première fois depuis très longtemps.

Elle avait mis son grand manteau rouge, et elle nous entraînait, Alys et moi, dans la forêt. On se débattait, on hurlait, on ne voulait pas y aller – pour finir elle nous a tirés par les pieds.

Ce rêve, je l'ai effacé.

Si j'avais su je l'aurais gardé.

Un matin, très tôt, un mois après la fin du procès, j'ai reçu un coup de fil de la clinique où Dana était internée depuis bientôt sept ans : elle venait de mourir dans son sommeil.

À quoi bon mentir, je me suis senti soulagé.

Comme si on m'ôtait une pierre de la poitrine, qui m'empêchait de respirer depuis si longtemps.

Le cauchemar est fini.

J'ai demandé qu'elle soit incinérée.

Pas de tombe, juste une poignée de cendres qu'on lance sur l'océan, c'est plus facile pour oublier.

Je suis retourné dans la petite maison rouge fermée depuis sept ans, je n'y avais jamais remis les pieds, impossible, comme si une clôture de 10 000 volts m'empêchait d'approcher.

Avant de fermer la maison, au moment où Dana était partie pour la clinique, j'avais fait venir un homme de ménage pour tout nettoyer. Il était resté trois jours, il avait jeté des monceaux d'immondices, la déchéance de Dana.

Même avant son entrée dans la folie, il y avait des signes, j'ai toujours su qu'un monstre tapi nous guettait dans la maison, Alys et moi. Dans les silences de Dana, ses crises de violence, ses absences…

Le monstre était là, déjà, assoupi, il nous épiait.

Le pire, c'était quand elle chantait : je guettais les perles de sueur sur sa lèvre supérieure et je rentrais la tête dans les épaules.

– T'en fais donc pas, me disait Alys en posant son bras sur mon épaule, ça lui passera. Et si ça lui passe pas, on se sauvera…

Elle s'était sauvée sans moi, Alys.

Même nettoyée, vidée de tout, sept ans après, la maison sentait toujours le malheur. En sept ans la poussière s'était accumulée, les vitres, le plancher, le sol, la table, tout était voilé. J'aurais dû la vendre en entrant à la Cyber, comme Coleen me l'avait conseillé.

Si Dana avait quitté la maison des fous, où serait-elle allée ?

J'ai toujours su qu'elle ne sortirait jamais de l'hôpital.

La première chose que j'ai faite, en poussant la porte du jardin – si on pouvait encore appeler ce fouillis de ronces un jardin –, c'est me recueillir sur la tombe du Professeur Gurgle. J'avais amené une photo d'Alys, elle tenait le Professeur par la peau du cou, j'ai pleuré, après je me suis senti assez fort pour affronter la maison.

En montant l'escalier crasseux j'ai mis ma main sur ma bouche, mes pas résonnaient dans les pièces vides.

Je suis entré dans la chambre de Dana, j'ai ouvert sa penderie, ses robes étaient toujours là, les robes du soir raflées pour quelques dollars au Super Value, et qu'elle ne mettait jamais. Pour aller où ? Invitée par qui ? Dana ne fréquentait personne. Au fond de la penderie j'ai vu son grand manteau rouge, celui qui me faisait si peur autrefois. Je l'ai pris dans mes mains, l'étoffe était froide et rêche, comme une peau morte.

Comment avait-il pu m'effrayer autant ?

Au pied du manteau, j'ai trouvé une boîte à chaussures ficelée dans tous les sens. Que peut-elle contenir de si précieux pour que tu l'aies enrubannée comme ça, espèce de vieille folle ?

« J'ai un trésor caché », m'écrivait Dana dans ses dernières lettres. Elle me parlait de ses robes, du placard, d'Alys enfermée dans une boîte.

« Trouve mon trésor caché, trouve mon trésor caché, trouve… »

J'ai tranché la ficelle avec mes dents.

Dans le carton, il y avait des dizaines de lettres, jamais ouvertes, serrées l'une contre l'autre, elles m'étaient toutes adressées.

À moi, pas à Dana.

Bon sang, je connais cette écriture…

J'en ai pris une au hasard, une bleue, qui dépassait un peu, mes doigts tremblaient, je ne pouvais plus respirer.

*Mon cher petit frère,*

*Cinq lettres que je t'envoie, et tu ne me réponds pas.*

*Papa pense que tu nous en veux de ne pas t'avoir emmené. C'était impossible, Herb, tu ne peux pas abandonner Dana, tu es le seul enfant qui lui reste. Et puis – ne m'en veux pas d'être cruelle – tu n'es pas le fils de papa. Tu le sais bien. Il n'a aucun droit sur toi. Un jour peut-être ton père viendra te chercher toi aussi ? Papa dit qu'il ne le connaît pas. Je ne peux pas t'envoyer de mail : papa est contre les ordinateurs, sa femme aussi. Il faut que j'apprenne à vivre sans, c'est ce qu'ils disent. Nous avons trouvé une maison à trente miles de White Horse : on vit comme des trappeurs, papa, Cheryl, Jerry et moi. Tu aimerais bien Jerry, c'est un vrai clown. Je suis heureuse ici, tu sais, c'est formidable de vivre en pleine forêt. Nous ne sommes pas isolés, bien moins qu'à Vancouver avec Dana, il y a d'autres familles un peu partout, une petite ville, même, Hope, où nous allons souvent. L'Alaska est le plus beau pays du monde, il faut que tu viennes nous voir. Tu viendras un jour, j'en suis sûre. Il faut juste laisser passer un peu de temps. Dana non plus ne m'a pas répondu. J'espère que tu tiens le coup, seul avec elle.*

*Il faut que je te quitte, papa m'appelle. Réponds-moi s'il te plaît. Même un petit mot : si tu ne m'écris pas, papa m'a dit qu'il faudra te laisser tranquille.*

*Je t'embrasse, ta sœur chérie, Lysa.*

La lettre était datée du 24 octobre : trois mois après sa disparition. Elle signait Lysa et plus Alys, elle avait voulu remettre sa vie à l'endroit, tout reprendre de zéro, recommencer.

J'ai ouvert grands mes poumons, comme m'a montré Coleen, je suis allé chercher l'air tout en bas. Je suis tombé à genoux, et j'ai pleuré. Comme un môme j'ai pleuré. Sur moi, sur nous, sur elle, sur nos vies gâchées ; Alys perdue et Lysa retrouvée, mon enfance foutue en l'air pour rien, la folie de Dana.

À genoux dans le placard, j'ai pleuré jusqu'au soir.

Jusqu'à ce que la maison soit devenue noire comme le fond des mers. À la nuit je me suis levé, j'avais mal partout, comme si on m'avait battu.

J'ai sauté sur mon vélo, j'ai roulé comme un cinglé, j'ai failli me faire renverser par un camion, le type m'a insulté, je m'en foutais, le long de Marine Drive j'ai essuyé mes larmes, le crachin m'a fait du bien.

Je me suis retrouvé à Jericho Beach, sous le ponton, je parlais tout seul : *bientôt j'irai te voir, Lysa, bientôt…*

J'ai ouvert les autres lettres, sur la dernière il y avait un numéro souligné en rouge, j'ai pris mon portable, mes doigts tremblaient, c'était idiot, elle avait forcément changé de numéro, après toutes ces années, mais je n'ai pas pu m'en empêcher.

– Allô, a fait la voix.

Je l'ai tout de suite reconnue.

Un peu plus grave, peut-être. À peine.

J'avais la gorge sèche, je ne pouvais pas parler, je me sentais comme un poisson jeté sur le sable sec.

– Allô ! a répété la voix – et elle a raccroché.

C'était trop tôt, bien trop tôt, je ne pouvais pas, j'étais noué.

Je me suis jeté sur le sable et j'ai pleuré.


Trois jours plus tard je lui ai écrit, elle m'a répondu, on s'est parlé.

Le lendemain j'ai pris le train pour le Nord, l'avion ça va beaucoup trop vite, dix heures de train c'était le minimum pour accepter que toute ma vie de misère était bâtie sur la folie de Dana.

De ma vie d'avant, je ne voulais garder que le souvenir d'Unica, les images d'elle, nos rêves enregistrés par dizaines, dans le train je me les suis tous repassés. C'est si court, un rêve, trente secondes à peine, tous les nôtres, Unica, tiennent sur un seul DVD.

Je me suis endormi la joue contre la vitre, un toc-toc-toc m'a réveillé, un doigt replié tapait sur le verre, une petite bouille m'a souri : c'était Alys, enfin Lysa, qui tenait son fils dans ses bras.

J'ai sauté sur le quai, je les ai serrés tous les deux contre moi, le père de l'enfant était un peu plus loin, il regardait en l'air, parfois son regard tombait sur moi.

– C'est ton neveu, il s'appelle Herb comme toi. Regarde comme il te ressemble, Herb, on dirait vraiment toi.

Je l'ai fait sauter en l'air, il a ri, il n'arrêtait pas.

Quand il rit, il te ressemble, Unica, on dirait toi.

Reviens-moi, je veux t'entendre encore une fois.

Mais je ne m'en fais pas, prends ton temps, je sais bien qu'un jour on se retrouvera : les enfants qui grandissent et ceux qui ne grandissent pas – Unica.

*Du même auteur :*

LA GOMMEUSE, roman, Grasset, 1997.
LE PALAIS DE LA FEMME, roman, Grasset, 1999.
DEMAIN LES FILLES ON VA TUER PAPA, roman, Grasset,
   2001.
L'ENFANT ROUGE, roman, Grasset, 2002.
BRÛLEMENTS, roman, Grasset, 2006.
L'AÉROSTAT, roman, Stock, 2008.

Composition réalisée par IGS-CP

Achevé d'imprimer en novembre 2008, en France sur Presse Offset par
Maury-Imprimeur - 45330 Malesherbes
N° d'imprimeur : 141817
Dépôt légal 1ʳᵉ publication : mai 2008
Édition 02 - novembre 2008
LIBRAIRIE GÉNÉRALE FRANÇAISE - 31, rue de Fleurus - 75278 Paris Cedex 06

31/2351/0